Lavis
Fischer
Kräutersammler
Holzwerker
Bauern
Holzfäller
Jäger
Weisser Leto
Bäcker
Müller
Blauer Leto

OETINGER
34

KINGS & FOOLS

2

VERSTÖRENDE TRÄUME

OETINGER 34

Alle Bände der Reihe »Kings & Fools«

Band 1: Verdammtes Königreich
Band 2: Verstörende Träume
Band 3: Verfluchte Gräber
Band 4: Vergessenes Wissen
Band 5: Vermisste Feinde
Band 6: Verbotene Mission

FSC www.fsc.org
MIX
Papier aus verantwortungsvollen Quellen
FSC® C083411

Edition Oetinger34

Ein Imprint der Verlag Friedrich Oetinger GmbH

Text von Natalie Matt
Einband und Grafiken von Jacqueline Kauer
Satz: Das Herstellungsbüro, Hamburg
Druck und Bindung: CPI – Clausen & Bosse, Leck
Printed 2015
ISBN 978-3-95882-070-8

Dieses Buchprojekt ist auf Oetinger34.de im Team entstanden.
Autoren: Natalie Matt, Silas Matthes, Pate: Bernhard Hennen

www.oetinger34.de

Erschaffe die Welt von Kings & Fools:

#kingsandfools
www.kingsandfools.de

Für Saskia,
in Liebe für deine Art, die Welt wahrzunehmen,
deine Leidenschaft, und dafür, dass du dieser besondere
Mensch bist, der du bist.

ESTELLE

1

Lavis. Bereich der Schwarzgewändler.

Jede Zeitverzögerung, jedes Geräusch, jede unerwartete Bewegung könnte ich mit dem Leben bezahlen. Ich prüfe nochmals, ob die schweren Vorhänge dicht zugezogen sind. Bloß keinen Schlitz frei lassen. Ich halte den Atem an und horche: Nur das Quietschen einer Schuppentür im Wind ist zu hören, irgendwo draußen in einer Gasse. Im Haus bleibt es vollkommen still.

Barfuß haue ich ab. Die Holztür ist angelehnt, sodass ich sie lediglich einen winzigen Spalt aufschieben muss. Die Fackeln im Gang sind erloschen, nur der Geruch von Rauch hängt noch zwischen den Steinmauern.

Über die Wendeltreppe im Turm, die in die verlassenen Kellergewölbe führt, schleiche ich mich ungesehen aus dem Haus.

Es ist stockfinster. Der beißende Geruch von faulendem Holz dringt aus den Gewölben, und die Kälte der Steinplatten frisst sich in meine nackten Füße.

Den Weg durch den Keller kenne ich auswendig. Gestapelte Truhen in dem spinnenvernetzten, tiefen Gewölbe, verstaubte Flaschen, Schaufeln und Leinensäcke. Die abgestandene Luft.

Besser ich sehe nicht, was hinter oder neben mir lauert, ich will einfach nur raus hier, raus durch die eingefallene Holztür.

Draußen empfängt mich die kalte Nachtluft, der Wind spielt in meinen Haaren. Leo wartet sicher schon.

Von hier aus muss ich unbemerkt durch die verdunkelten Hinterhöfe der Schwarzgewändler schleichen, um in den östlichen Teil des Rings zu gelangen. In einem Schuppen direkt neben dem Kellerausgang habe ich einen schwarzen Umhang für meine nächtlichen Ausflüge versteckt. Ich werfe ihn über meine Schultern und ziehe die Kapuze über den Kopf, verschwinde in den Gassen. Spitze Steinchen piksen mich in die Fußsohlen.

Ich liebe es, diese verbotenen Dinge zu tun. Zu wissen, dass meine Eltern in ihren Gemächern liegen und glauben, ihr Mädchen würde im Zimmer nebenan friedlich schlafen. Zu wissen, dass mich die Sperrstunde nicht aufhalten kann, dass der Brennende König denkt, jeder einzelne Bewohner seines Reiches würde sich seinen Gesetzen fügen.

Über meine Schulter sehe ich nach oben, zu den gewaltigen Türmen des Königshauses. Dunkle Rauchschwaden steigen über den erloschenen Leuchtfeuern auf.

In der ausgestorbenen Gasse liegt ein zerknicktes Stück Weidenholz auf den Pflastersteinen, von irgendwoher rieche ich gebratenen Fisch. Eine Fahne mit dem Schlüssel als Familienwappen ragt an einer rostigen Eisenstange aus der Hauswand neben mir. Trostlos schaukelt das zerfledderte Stück Stoff im Wind vor und zurück.

Etwas raschelt. Ich drehe mich um, doch da ist niemand. Trotzdem habe ich das Gefühl, dass sich Blicke in meinen Rücken bohren. Man sagt, der Brennende König habe seine Augen überall.

Was, wenn jemand mich beobachtet? Jetzt. Oben aus einem Fenster? Hinter einer Säule? Augen, die durch ein Schlüsselloch spähen? Oder jemand direkt hinter mir?

Unwillkürlich beschleunige ich meine Schritte. Plötzlich eine Bewegung in der Dunkelheit. Ich presse mich in eine Mauernische, ducke mich unter einen Steinvorsprung und halte die Luft an, rühre mich nicht. Das Geräusch einer schweren Rüstung ist zu hören, Eisen schabt auf Eisen. Stille.

Der Brennende König hat stets die Kontrolle, schießt mir die durchdringende Stimme Des Herolds durch den Kopf.

Nur ein Fehltritt, und mein Vater wird auch einer von denen sein, dessen Tochter verschwindet. Nur ein Vergehen, und mein Kopf wird rollen. *Der Brennende König hat stets die Kontrolle.*

Von der Seite erhasche ich einen Blick auf zwei Wachen in glänzender Plattenrüstung. Sie stehen ganz in meiner Nähe, zwei undurchdringliche Hüllen aus Metall. Ein schwarzes Phönixzeichen prangt auf ihrem Brustpanzer. Jetzt wechseln sie ein paar Worte, aber durch die massiven Helme sind ihre Stimmen gedämpft, ich kann sie nicht verstehen.

Sie kommen näher, ihre Schritte hallen zwischen den Häuserfronten. Sie sind so dicht neben mir, dass ich es nicht wage, Luft zu holen. Mir wird schwindelig. Fast bin ich mir sicher, dass sie meine Gegenwart spüren. Spüren *müssen*.

Und dann bleiben sie stehen.

Ich kann ihren Schweiß riechen, selbst das Kettenhemd kann ich von hier leise klirren hören.

Ich kneife die Augen zusammen, versuche, keinen Laut von mir zu geben.

Und jetzt sind da wieder ihre Schritte. Aber sie ziehen an mir vorbei, werden leiser, und ich atme zuerst ganz vorsichtig, dann voll aus.

Fast muss ich lachen, so froh bin ich. Alles in mir kribbelt.

Ich sehe Leos Gesicht schon vor mir. Wie er mich aus den braunen, klaren Augen ansieht. Die feinen Züge, die geraden Konturen, das nach hinten gekämmte Haar.

Gleich werde ich ihm über die Wangen streichen, die Bartstoppeln wie feinen Sand unter meinen Fingerspitzen spüren, und dann wird er meinen Namen sagen.

Durch die Hinterhöfe renne ich und muss mich zwingen, langsamer zu laufen, nicht übermütig zu werden, dicht an den Hausmauern zu bleiben. Dann endlich bin ich da, aber auf den letzten Metern bleibe ich urplötzlich stehen. Weil mein Körper nicht mehr reagiert. Und weil ich wie versteinert geradeaus starre. Fassungslos.

Blinzle. Aber was ich sehe, verschwindet nicht.

Die Linien im Holz scheinen zu flackern. Leuchtend rot stechen sie mir ins Auge.

Das Symbol.

Die Nacht der verhüllten Männer.

Vor der Türschwelle sitzt Leo, mein Leo, der mich mit blassem Gesicht anstarrt, als hätte er den Tod gesehen. Leo, der wartet, dass sie ihn mitnehmen, darauf wartet, mir für immer Lebewohl zu sagen. Ich presse meine Hand vor den Mund, damit ich nicht losschreie.

Dann stürze ich auf ihn zu und klammere mich an ihn. Halte ihn fest, so fest es nur geht. Bringe kein Wort hervor. Warum er? Nicht oft trifft es die Jungen aus unserer Schicht der Schwarzgewändler. Leo ist von hohem Blut. Warum ausgerechnet er?

Leo löst sich aus meiner Umklammerung und starrt mich an. Öffnet den Mund, schließt ihn dann wieder und schüttelt kaum merklich den Kopf. In seinen Augen blitzt etwas auf, was ich noch nie bei ihm gesehen habe. Angst.

Er berührt mein Gesicht, streichelt abwesend meine Wange und lässt seinen Arm dann sinken. Schweigend sitzen wir nebeneinander auf der Treppenstufe. Der Stoff unserer Kleidung berührt sich.

In mir verkrampft sich alles. Während er einfach nur dasitzt, graben sich meine Finger in die Einkerbungen der rauen Steinplatten. Wieso sagt er nichts, wie kann er einfach nur so neben mir sitzen?

Ich würde selbst gern irgendetwas sagen, irgendetwas, das hilft, das alles wiedergutmacht. Aber wenn die verhüllten Männer jemanden holen, dann kehrt er nicht zurück.

»Du duftest nach Weidenholz. Ich mag es, wenn du so riechst.« Er gräbt seine Nase in mein Haar und gibt mir einen Kuss auf den Kopf, wie er das immer tut, wenn ich nach der Arbeit zu ihm komme. Er schluckt schwer, als er wieder nach vorn starrt.

Nie hätte ich wirklich geglaubt, dass dieser Tag einmal kommen wird. Ich hätte mir die Worte zurechtlegen können, Worte, die man sagen würde, wenn man weiß, dass man den anderen nie wiedersieht. Und jetzt sind sie nicht da.

»Du musst gehen, Estelle«, sagt er.

»Ich kann nicht«, antworte ich, greife in sein Hemd und vergrabe mein Gesicht an seiner Schulter, will ihn nie wieder loslassen.

»Versprichst du mir etwas?«

»Alles«, murmle ich.

Er löst meine Finger von seinem Hemd, als wären sie daran festgeklebt, und trotzdem hat seine Geste etwas Tröstliches.

»Vermisse mich nicht«, sagt er und küsst mich. Ein Kuss, der nach Abschied schmeckt.

Dieser Kuss muss für alles ausreichen, wofür jetzt keine Zeit mehr bleibt. Ich will meine Lippen nicht von seinen lösen, aber er drückt mich zurück. »Du musst gehen, Estelle. Geh jetzt, bevor sie dich erwischen.«

Ich will sagen, dass ich nicht gehen kann, dass ich das nicht schaffe, bis Leo noch mal sagt, jetzt beinahe schreit: »Geh!«

2

Favilla. Zirkelraum.

Neun Türen, neun Fackeln, neun Schwerter. Neun Pfeile sind im Marmorboden eingraviert.

Regale aus dunklem Holz ragen an den Wänden hoch. Buchrücken zeigen zu uns. Fächer mit etlichen aufeinanderliegenden Schriftrollen. Fächer mit Kelchen, Schatullen und einzelnen Rüstungsteilen.

Im Halbkreis stehen wir um den Brunnenschacht herum, der in der Mitte des Raumes wie eine Säule nach oben ragt. Sam, Melvin, Liv, Nora, Callan, Ellinor, Moa und ich. Die Schatten der Flammen huschen über unsere ernsten Mienen. Wir warten.

Konzentriere dich, Estelle. Konzentriere dich.

Die Bilder jener Nacht schießen mir immer wieder durch den Kopf. Die kalte Nacht mit den geflüsterten Worten, in der ich mich verabschieden musste. Bilder, die nicht gehen wollen. Und die Gänsehaut hat nicht nur meine Arme erfasst, sondern längst den ganzen Körper.

»*Vermisse mich nicht*«, hat Leo gesagt.

Ich lege den Kopf weit in den Nacken. An der Decke des Zirkelraums prangt ein gewaltiges Gemälde. Es zeigt die Abbildung eines Phönix. Von der Schweifspitze bis zum Kopf ist er so genau gezeichnet, dass ich die feinen Federäste zählen könnte.

Die riesigen Flügel greifen um den Brunnenschacht und fügen sich an den Enden wieder zu einem Kreis zusammen. Der rotgoldene Schweif misst fast das Doppelte der Spannweite seiner Flügel, an deren Spitzen Feuer züngelt. Wenn ich ihn aus einem ganz bestimmten Blickwinkel betrachte, hat die Flamme einen Blauschimmer.

Der Phönix hat den Schnabel aufgerissen, und ich frage mich jedes Mal, wenn ich ihn betrachte, wie ein Phönixschrei wohl klingt. In seinen Augen leuchtet unerschöpflicher Mut, doch ich erkenne auch eine leichte Ahnung von Zerstörung, etwas Unbändiges.

Eine Tür wird aufgeschoben. Zu wuchtig und zu laut. Ein Luftstoß lässt die Flammen der Fackeln zittern. Die Spannung ist nicht nur in mir. Sie ist im ganzen Raum.

Emma betritt den Saal, sie bedeutet Lucas, voranzugehen. Seine dunkelbraunen Locken sind zerzaust, sie kleben ihm an den Schläfen und in der Stirn. Die Schnüre seines verdreckten Leinenhemds sind offen, es rutscht ihm leicht über eine Schulter, lässt einen Blick auf die weiße, sehnige Brust frei. Mit der Zungenspitze leckt er sich über das frische Blut an seiner Lippe.

Sein unruhiger Blick streift nacheinander jeden Einzelnen von uns. Bleibt etwas länger an mir hängen, vielleicht auch an

Sam, seine Augen zucken hin und her – ich kann es nicht genau ausmachen.

Dann wird eine Tür auf der gegenüberliegenden Seite des Raumes geöffnet.

Ich muss mich nicht umdrehen, um zu wissen, wer auf uns zukommt. Ich kenne das Geräusch seiner Schuhe auf dem glatten Boden. Die berechneten Abstände vor dem Auftreten, die langsamen Schritte. Da ist jetzt eine Präsenz im Raum wie eine unsichtbare Substanz, fast greifbar.

Vor Lucas bleibt er stehen. Durch den Schwung seines Umhangs erhasche ich einen kurzen Blick auf die schwarze Stahlrüstung, die er darunter trägt.

»Mein Name ist Jonathan«, sagt er. »Ich bin der Internatsleiter von Favilla.« Er deutet auf den leeren Platz an Melvins Seite. Emma schiebt Lucas vor, der sich einmal nervös über seine Handrücken streicht, dann jedoch mit zügigen Schritten auf Melvin zugeht.

Melvin beugt sich ein Stück zu ihm hinunter, setzt sein herausforderndes Grinsen auf und flüstert ihm etwas ins Ohr, das auch zu uns anderen durchdringt: »Willkommen im Zirkel.«

Jonathan hat die Arme ausgestreckt, darin liegt die gefaltete Kutte mit dem Wappen auf der Rückseite. Die rote Phönixträne.

»Deine Robe, Lucas.«

Lucas sieht vom Wappen auf. Ich kenne Jonathans Blick, so nah vor seinem mausartigen Gesicht, die durchdringenden, intensiven Augen, die großen, runden Augäpfel, die er so weit aufreißt, dass man fürchtet, sie könnten jeden Moment aus seinem Kopf fallen. Manchmal macht mir sein Blick Angst. Vor allem dann, wenn er meinen trifft, weil ich dann jedes Mal das Gefühl habe, ertappt worden zu sein.

Wortlos nimmt Lucas die Robe entgegen, er wirft den schweren Stoff über die Schultern, und das Schwarz lässt sein helles Leinenhemd verschwinden.

Jonathan geht auf und ab, wie er das immer tut, wenn er etwas von Bedeutung zu verkünden hat. »Das, was eben geschehen ist, Lucas, war Teil unseres Plans. Es gibt keine Verräter, es gab nie einen wirklichen Kampf. All das war nur eine Inszenierung. Eine Prüfung.« Jonathan ist nicht sonderlich groß oder kräftig, doch seine Stimme füllt den ganzen Raum. Es ist die Art, wie er spricht, leidenschaftlich, erhaben.

»Die Welt ist sehr viel größer, als du geglaubt hast. Was gibt dir mehr Macht als jegliches Gold?« Dicht vor Lucas kommt er zum Stehen. »Wissen, Lucas. Das Wissen.« Er dreht sich plötzlich um, läuft an den Regalen entlang und lässt dabei die Hände über die Buchrücken wandern. »Unsere Aufgabe ist es, diese Macht zu bewahren und zu schützen. Wir sind die letzten Hüter des Wissens. Favilla ist der einzige Ort, an dem der Geist Freiheit besitzt. Und irgendwann wird unsere Zeit gekommen sein. Nur wir können den Brennenden König aufhalten. Denk nach, Lucas. Denk an das Volk von Lavis. Was lebt es für ein Leben? Verdummt. Ohne einen Sinn, ohne eine Wahl. Stupide arbeiten sie sich krumm, und wofür? Der König gibt ihnen nichts zurück. Der König führt *sein* Leben auf *ihre* Kosten. Das Volk von Lavis und sogar wir –«, und jetzt zeigt er mit dem Finger auf jeden Einzelnen von uns, um ihn dann auf Lucas' Brust zu setzen, »wir sind unfrei.«

Manchmal kriegt mich Jonathan noch, und ich bilde mir ein, dass es richtig ist, ihm zu folgen. Dabei wissen wir überhaupt nicht, was wahr ist von den Dingen, die er sagt.

Was wohl in Lucas vorgeht? Ich weiß noch, wie es sich angefühlt hat, als ich dort vor einem Jahr stand und die Intensität von Jonathans Worten über mich hinweggeströmt ist.

Noch völlig erschrocken von dem, was gerade geschehen war, musste man erfahren, dass das ganze bisherige Leben eine einzige Lüge war.

Lucas öffnet den Mund, will etwas erwidern, aber Jonathan redet einfach weiter. »Das hier ist nicht das Internat des Brennenden Königs. Wir sind die einzige Hoffnung, den Brennenden König von seinem Thron zu stoßen. Wir sind die Rebellen von Lavis. Jener König, dem du gehorcht hast, ist kein rechtmäßiger. Vor Jahrhunderten wurde der wahre König gestürzt, die Thronfolger, das ganze Königsgeschlecht wurde kaltblütig ermordet.«

Lucas steht aufrecht, zwar weicht er hin und wieder Jonathans scharfem Blick aus, dennoch wirkt er gefangen von dem, was hier passiert. Je mehr er erfährt, desto härter werden die Züge in seinem Gesicht. Auch er wird bald von diesen ganzen Plänen gesteuert sein, genau wie die anderen.

»Ich weiß, wie du dich fühlen musst, all das ist viel auf einmal. Aber eines kann ich dir versprechen. Wenn ich dir vertrauen kann, dann kannst du mir vertrauen. Du wirst es nicht bereuen, für unsere Sache zu kämpfen.

Benjamin gehört zum inneren Kreis. Es war wahre Stärke, den Unschuldigen am Leben zu lassen. Werte, die ich in Favilla vertrete. Es geht jetzt um mehr als um dich, um mehr als um uns. Es geht um das Volk von Lavis.« Seine Finger krümmen sich langsam, krallenartig knicken die oberen Fingerglieder ein. »Verstehst du das?«

Lucas nickt.

Aber ich weiß, dass er es nicht verstehen kann. Noch nicht. Ich schiele auf die neun Pfeile am Boden.

Nun sind wir wieder vollzählig.

Ich weiß nicht, weshalb Alexis plötzlich verschwunden ist. Keiner von uns Mitgliedern weiß das. Meine Zelle war auf einmal leer, und Jonathan hat weiter von Vertrauen gesprochen, so als hätte sie nie existiert.

Aber jetzt ist Alexis' Platz wieder belegt, und keiner der Lehrenden will uns sagen, was mit ihr passiert ist.

Jeder von uns ist ersetzbar.

Sam kann kämpfen wie kein anderer. Melvin kann Messer werfen, schneller, als man mit dem Auge folgen kann, Nora kennt Hunderte Rezepturen auswendig. Moa kann den Morgenstern mit solch einer Wucht schwingen, dass er selbst Wände damit einschlagen könnte, und ich kann zwei Dutzend Pfeile abfeuern, ohne nur einmal danebenzuschießen. Alexis konnte nicht nur mit *einer* Waffe gut umgehen, sondern mit sämtlichen.

Aber wir sind alle ersetzbar.

Ich sehe in Lucas' eisernes Gesicht. Er wird ihr Nachfolger sein. Sam neben mir reibt sich nervös die Arme. Hört dann wieder damit auf, als es plötzlich ruhig ist und das Echo von Jonathans Worten in uns nachhallt.

»Das heißt, die verhüllten Männer –?«, platzt die Frage aus Lucas heraus.

»Sklavenhändler des Königs«, antwortet Jonathan. »Die Jungen und Mädchen, die in der Nacht von den wirklichen verhüllten Männern abgeholt werden, werden als Sklaven in andere Königreiche verkauft. Sie sind nichts weiter als Handelsware des Brennenden Königs. Wir tauschen einige wenige der Schwellensitzer aus und setzen ausgebildete Schüler vor die Türen, die dann in anderen Königreichen als Informanten für uns arbeiten.«

»Aber –«, setzt Lucas an.

Da schüttelt Jonathan den Kopf, spricht jetzt beinahe sanft: »Ich habe dir einmal gesagt, dass ich es gut finde, dass du Fragen stellst. Aber du wirst ein Gefühl für Zeitpunkte, für die richtigen Momente entwickeln müssen. Vorerst müssen dir diese Antworten genügen.«

Lucas verstummt.

Diese Antworten sollen immer genügen. Aber wie in uns allen brennen in mir viel mehr Fragen. Sie brennen dort schon seit einem Jahresumlauf, und ich habe Angst, dass sie irgendwann so heftig ausbrechen, dass ich all das nicht mehr aushalte. Die Vorstellung, dass auch Leo als ein Sklave irgendwo dort draußen ist und ich hier in diesen Katakomben gefangen bin, sie zehrt an mir.

»Bist du bereit?« Jonathan sieht Lucas prüfend an.

»Wofür?«

»Für deinen ersten Einzelunterricht«, sagt er und zeigt auf eine der neun Türen im Kreis.

Lucas zögert einen Augenblick, starrt auf irgendeinen Punkt dicht neben Jonathans Kopf, dann sagt er: »Ja.« Seine Stimme ist fest.

Im Dunkeln ein Klopfen. Ich schrecke hoch und stütze mich auf den Händen ab. »Ja?« Meine Stimme klingt aufgeregter als gewollt.

»Ich bin es, Sam.«

Schon kratzt die Tür über den steinernen Boden. Ein kreischendes Schaben, das sich unangenehm an den Zähnen anfühlt.

Jetzt, wo zwischen den beiden Betten wieder jemand steht, kommt mir die Zelle kleiner vor als gewöhnlich.

Sam hält in der linken Hand einen Beutel, in der rechten eine Öllampe. Im Schein der Flamme wirken ihre ohnehin großen Augen noch größer.

Ich sehe sie fragend an.

»Jonathan schickt mich. Ich soll jetzt bei dir in der Zelle wohnen.«

Es war absehbar, dass bald jemand Neues mit mir die Zelle teilen würde, nachdem Alexis verschwunden ist.

Ohne Lampe und Beutel abzustellen, lehnt Sam sich mit dem Rücken gegen die schwere Tür. Wieder das fürchterliche Schaben, wahrscheinlich steckt irgendein kleines Steinchen im Türschlitz, dann ein dumpfes Knallen.

Irgendwie bin ich überrumpelt, weiß nicht, wie ich das finden soll.

Sam wirft ihren Beutel auf das Fell, die Lampe stellt sie in der

Wandnische zwischen den Betten ab. Sie setzt sich und lässt den Umhang von ihren Schultern gleiten, mit dem schwarzen Stoff in der Hand sieht sie mich für einen Moment unbeholfen an.

»Du kannst ihn dort an den Haken neben meinen hängen, da ist noch genügend Platz«, sage ich und lächle, aber vielleicht kann sie das im spärlichen Licht gar nicht erkennen, vielleicht ist der Versuch auch einfach untergegangen, es kommt nämlich nicht mal ein flüchtiges Lächeln zurück.

Wir schweigen uns an. Ich überlege, was ich sagen könnte.

»Was hältst du von Lucas?« Es ist das Erstbeste, was mir einfällt.

»Ehrgeiz hat er jedenfalls genug«, sagt sie kurz angebunden.

»Ich frage mich, warum er immer überall der Beste sein will«, sage ich, aber Sam zuckt lediglich mit den Schultern.

Sie dreht sich um und fährt sich durch die langen, blonden Haare. Manchmal kommen mir ihre Bewegungen und auch irgendetwas in ihrem Gesicht merkwürdig bekannt vor, als würde ich sie schon länger kennen.

Ich weiß, dass Sam nicht sonderlich gesprächig ist, aber sie könnte mich wenigstens fragen, wohin Alexis verschwunden ist, irgendetwas Nettes sagen, doch sie kramt nur geschäftig in ihrem Beutel. Ich lausche den Geräuschen, die ihr Herumwühlen verursacht. Ich finde, sie könnte ruhig etwas leiser sein und mehr Rücksicht nehmen, wenn sie schon nicht reden will. Und außerdem ist *sie* hier die Neue.

»Was suchst du denn da?«, frage ich.

»Geht dich nichts an.« Ohne Vorwarnung pustet Sam plötzlich die Lampe aus.

Mit einem Schlag ist es stockdunkel, bis auf das winzige Glühen der Dochtspitze, das kurz darauf auch erlischt.

»Es wäre nett, wenn du mir beim nächsten Mal Bescheid gibst, bevor ich im Dunkeln liege«, sage ich, worauf Sam nur ein Schnauben von sich gibt.

Sie wälzt sich noch ein paarmal hin und her, bis sie die richtige Schlafposition gefunden hat. Was für ein gelungener Start!

3

Favilla. Große Halle.

Ich hasse den Gedankenunterricht. Er fühlt sich irgendwie gefährlich an, als ob mein Geist, meine Gedanken mir entgleiten, einfach wegstürzen. Wenn ich versuche, meinen Kopf vollständig zu leeren, ist es, als ob ich gleich in Ohnmacht fallen würde. Dieses ungute Gefühl schlummert seit der ersten Einheit in mir.

Der Marmorboden unter meinen Füßen ist kalt. Vor meinen geschlossenen Augen flackert ein unruhiges Schwarz. Dort, wo die Fackeln brennen, kann ich manchmal durch die geschlossenen Lider Lichtpunkte tanzen sehen. Meine Knöchel schmerzen von der unbequemen Sitzposition.

Das Schlagen in meiner Brust wird lauter, während ich mich auf meine Atmung konzentriere. Meine Hände liegen flach auf den Oberschenkeln, ich darf sie nicht bewegen, mich gar nicht bewegen.

Und immer dann, wenn ich eigentlich auf den inneren Punkt achten soll, warte ich auf Rolands tiefe Stimme, die manchmal plötzlich nah ist und dann wieder abklingt. Ständig versuche ich, seinen Standpunkt auszumachen. Aber ich darf nicht nachsehen, die Augen müssen immer geschlossen bleiben.

Er könnte jederzeit unmittelbar neben mir stehen. Sich dieser Ungewissheit zu überlassen fühlt sich an, als ob tausend Insekten auf meinem Rücken herumkrabbeln, die jeden Moment zubeißen können – es macht mich wahnsinnig.

In mir drin ist alles laut. Je mehr ich mich darauf konzentriere, ruhig zu sein, ganz still dazusitzen, desto zappeliger werde ich. Und ich weiß nicht einmal, wofür diese Einheit überhaupt gut sein soll. Wie soll ich dadurch *mentale Stärke* erlangen?

Laut Anweisungen müsste ich bei dieser finalen Fokussierungsübung sowohl die tiefste Versenkungsstufe als auch den Fokussierungspunkt, an dem ich festhalte, erreicht haben.

Stattdessen rasen meine Gedanken.

Ich sitze nur da und warte, bis Roland uns endlich aus der Stunde entlässt.

»Beobachtet euren Atem, und stabilisiert euer Denken.« Seine Anleitungen klingen eher drängend als beruhigend. »Es geht in der Übung nicht darum, von Punkt zu Punkt weiterzudenken, sondern darum, sich in einem Punkt zu verlieren. Sich nach innen zu richten und sich von der Umgebung zu trennen.«

Eine Strähne löst sich aus meinem gebundenen Haar und fällt mir ins Gesicht. Sie baumelt direkt vor meiner Nase auf und ab. Ich versuche, sie mit einem Pusten loszuwerden.

»Fokussieren.« Rolands Stimme ist plötzlich direkt neben mir. Und obwohl ich versuche, auf diese Augenblicke gefasst zu sein, zucke ich zusammen. Mit einem Schnauben gibt er mir zu verstehen, dass ich mich gefälligst anstrengen soll.

Aber ich kapituliere. Lasse meine Gedanken jetzt einfach schweifen. Denke an Sam und wie wir uns gestern gestritten haben. Dann denke ich an Leo und daran, wo er in diesem Augenblick wohl sein mag. Erinnerungen jagen mir durch den Kopf.

Wir schleichen uns zum Fluss. Ich bin vorher noch nie in tiefem Wasser geschwommen. Für Vergnügen haben wir in Lavis keine Zeit, das ist egoistisch. Es wird nicht geduldet, dass man etwas tut, was die Gesellschaft nicht irgendwie voranbringt. Überhaupt war ich noch nie hinter der Grenzmauer des Hofs der Schwarzgewändler und so weit weg von meinem Zuhause. Aber Leo arbeitet bei der Pferdezucht, und er weiß, wie man durch die Nebentore schleichen kann, die er tagsüber beim Ausreiten der Pferde passieren darf.

Es ist schön dort in der Nacht am Fluss. Die Feuerweide mit den langen, herunterhängenden Ästen streichelt das Wasser. Die Sterne am Nachthimmel finden sich als kleine, schimmernde Punkte auf der spiegelnden Oberfläche wieder. Der Mond bleibt als dünne Sichel halb hinter den Wolken verborgen.

Es ist irgendwie beruhigend, dass die Türme des Königshauses aus der Entfernung kleiner werden.

Leo fasst mich mit beiden Händen an den Hüften und zieht mich zu sich. Seine Lippen bewegen sich an meinem Ohr, als er mir etwas zuflüstert, ich bin kurz davor, den Kopf wegzuziehen, weil es so kitzelt, aber ich will den Moment nicht zerstören. Ich lege meine Hände flach auf seinen Brustkorb, meine Finger suchen die Schnüre seines Hemds. Es gefällt mir, wenn er dabei meinem Blick standhält. Er fasst nach etwas in meinen Haaren, nimmt eine Strähne zwischen die Finger, dann streift er mir den Umhang von den Schultern. Wir ziehen uns weiter aus und waten langsam ins Wasser.

Als ich untertauche und sich die kalte, von der Nacht schwarze Decke um mich hüllt, fühle ich mich plötzlich frei. Ich mag es, wie sich Leos und meine Haare unter Wasser anfühlen. Wie flüssige, weiche Federn, die langsam hin und her schweben. Die Bewegungen so leicht, die Ohren dicht, der Kopf leer.

Ich atme wieder aus. Roland ist weg, das Dunkel vor meinen geschlossenen Augen ist jetzt ein ruhiges Dunkel. Und zum ersten Mal lasse ich mich auf die finale Übung ein. Zum ersten Mal fokussiere ich einen Gedanken, den Gedanken an das Untertauchen, die Schwerelosigkeit. Da ist ein leichtes Ziehen in meinen Fingerspitzen, ein Kribbeln in meinem Nacken, und alles in meinem Kopf weicht. Nur Stille. Ein angenehmes Nichts. Wie unter Wasser.

Ich halte den Atem an.

Plötzlich, wie die scharfe Spitze eines Pfeils, ein Stich rechts und links an meiner Schläfe, ein Schmerz, der von beiden Seiten meinen Kopf durchbohrt. Dann das Gefühl, als ob irgendetwas da hineinströmt. Etwas, das sich fremd anfühlt, schwerer, eisiger Nebel, der sich in meinem Kopf festsetzt und ausbreitet. Er drückt sich gegen meine Schädeldecke, ich kann nichts dagegen tun.

Was ist das da in meinem Kopf? Ich will, dass es aufhört, hole Luft, viel zu laut und reiße die Augen auf.

Ich habe völlig vergessen, wo ich bin, als mein erschrockener Blick genau den von Roland trifft, das Schlangengrün seiner stechenden Augen.

Ich kann nicht anders, als ihn für einen Moment anzustarren. Die Furche zwischen seinen tiefschwarzen, auswuchernden Brauen, die schmalen, zusammengepressten Lippen und die seltsame Narbe zwischen Mund und Nase.

Roland mustert mich, als ob er bis in mich hineinschauen könnte, und kurz flimmert in seiner Iris ein seltsam violetter Glanz auf.

Schnell kneife ich meine Augen wieder zusammen und versuche, meine zitternden Hände ganz ruhig auf meinen Schenkeln liegen zu lassen. Ich hoffe, dass ich nicht weiter auffalle.

Der stechende Schmerz in der Schläfe ist weg, aber ich kann dort immer noch einen leichten Druck spüren.

Ich will nur noch raus hier.

Passiert das bei allen so, wenn man sich auf die Übungen einlässt? Bestimmt mag deshalb niemand den Gedankenunterricht. Bestimmt haben das alle schon öfter durchgemacht, sage ich mir. Ich sage es mir immer wieder.

Draußen stütze ich mich an der Wand ab und lehne den Kopf an den kühlen Fels. Hier im Schutz des engen Gangs lässt es sich ein bisschen aushalten.

Keine Ahnung, wie lange ich hier stehe, bis sich eine Hand auf meine Schulter legt. »Alles in Ordnung?«

Ich drehe mich um.

Es ist Nora. Sie runzelt die Stirn und sieht mich besorgt an. Ich weiß, dass sie es sicher nur gut meint, aber mir ist nicht nach reden. »Alles gut. Danke.«

»Bist du sicher?«, hakt sie noch mal nach.

»Ja, es geht mir gut.« Jetzt schenke ich ihr ein schnelles Lächeln, kurz zögert sie, ich nicke noch mal, und dann geht sie weiter.

Ich löse mich schließlich von der Wand und reibe den Staub von meinen Handflächen. Diesen seltsamen, feinen Staub, der die Beinkammern bedeckt, der auf den Knochen und Schädeln liegt und sich in den Hohlräumen sammelt. Ich ekle mich vor dem toten Geruch, den er auf der Haut hinterlässt.

Am Abend, nachdem ich Allgemeinkunde mit dröhnendem Kopf über mich ergehen lassen habe, würde ich mich am liebsten in meine Zelle legen und schlafen, damit mein Kopf sich dann vielleicht wieder klar anfühlt, aber ich schleppe mich in den Gemeinschaftsraum. Jonathan gefällt es nicht, dass ich so oft allein bin. Ihm gefällt es nicht, dass er mich kaum mit anderen sieht.

Abgesehen von den Schülergruppen, die mich überfordern, mag ich diesen Raum. Wahrscheinlich wegen der hohen Wände und dem warmen Feuer. Manchmal, wenn ich gedankenverloren auf die Wände starre, stelle ich mir vor, wie ich dort durch ein Fenster schaue, mit Blick auf den Wald.

Ich mag es auch, nach oben zu sehen, in das Kreuzgewölbe aus Holz. Irgendwie erinnert mich das an mein Zuhause. Die Häuser und Anwesen am Hof der Schwarzgewändler hatten immer hohe Decken. Ich kann mich noch ganz genau an unseren Kamin erinnern und an das Familienwappen, das darüber aufgehängt war. Jede Familie von hohem Blut besaß eins. Unseres war das der Feder, vererbt von Generation zu Generation.

Ich war Nestflechterin. Wenn ich nicht mit voller Konzentration bei der Sache war, funktionierte gar nichts. Der Boden eines Phönixnests ist am schwersten, dafür verwendet man die dickeren Äste der Feuerweiden. Es muss eine ungerade Zahl sein, damit sie einen Stern ergeben, der einen Durchmesser von etwa einer Manneslänge hat. Um die anderen Stränge im Kreis herum einzuflechten, muss man um das Nest herumlaufen. Vorher werden die Stränge im Wasser eingeweicht, so lange, bis die Haut an den Fingerkuppen wellig wird.

Meine Mutter war in derselben Schicht wie ich. Sie hat schon von klein auf Nester geflochten. Wenn man ihr zusah, konnte einem beinahe schwindelig werden.

Oben durch die Schlaufe, links rüber, dann rechts durch die Schlaufe, vorn kreuzen, festziehen und von vorn.

Eine bestimmte Technik. Je eine für Boden, Rand und Seiten. Man darf nicht durcheinanderkommen. Ein Fehler im Weidennest kann einen die Hälfte der Essensration kosten. Und wenn man sein Pensum nicht erfüllt, dann wird es am nächsten Tag verdoppelt.

Der Kontrolleur ging immer auf und ab, und dabei sah man seinen Bauch schwabbeln. Wie ein gewaltiger Ring schlang sich der Speck um seinen Körper. Sein Gesicht sah aus wie eingesunken, der Hals wie aufgeblasen, das Schwert, das seitlich von seiner üppigen Hüfte baumelte, vergleichsweise winzig.

Immer am Ende einer Schicht ging er zwischen unseren Reihen hindurch. Im Sommer roch er nach Schweiß. Im Winter nach geräuchertem Fleisch.

»Steh auf!«, brüllte er plötzlich und sah auf eine der Arbeiterinnen hinunter. Sie hatte zwei Töchter, und ihr Familienwappen zierte ein Kleeblatt. Mehr wusste ich nicht über sie. Obwohl wir Tag für Tag die gleiche Arbeit verrichteten.

Vorsichtig stand sie auf, ohne dem Kontrolleur dabei in die Augen zu sehen. Sie reichte ihm gerade mal bis zur Brust. Er war riesig.

»Das reicht nicht für die Phönixe.« Er zeigte mit einem seiner wulstigen Finger auf das Weidennest, das vor ihren Füßen lag.

»Es hat sechs Ellen, wie vorgegeben«, sagte sie mit zerbrechlicher Stimme.

Der Kontrolleur lachte los, ein grässliches Grunzen, bis er schlagartig wieder ernst wurde und dann einmal kräftig mit dem Fuß auf das Nest trat. Ein lautes Knacken und Krachen, und es war kaputt. Mehrere Tage Arbeit, die mit einem einzigen Fußtritt dahin waren. Ich hörte meine Mutter hinter mir scharf die Luft einziehen.

»Nicht stabil genug«, sagte er und kam dabei mit seinem Gesicht ganz dicht vor das der Frau, so nah, dass sich ihre Nasen fast berührten.

Dann griff er hinter sich, die Flechterin kniff bereits die Augen zusammen. Obwohl wir wussten, dass er uns nicht anrühren durfte, dachte man jedes Mal, er würde seine Waffe ziehen, aber stattdessen zog er ein Stück Pergament hervor. »Zeig mir deinen Arm«, befahl er.

Sie streckte ihm ihr Handgelenk entgegen, damit er die Kennziffer auf der Plakette lesen konnte. Sie wurde aufgeschrieben.

Ich habe mich oft gefragt, ob wir die Nester wirklich für die

Phönixe weben. Keiner außer den fünf Pflegerinnen hat sie je gesehen. Es gibt niemanden, der uns sagen kann, ob irgendwo in der Burg des Brennenden Königs wirklich magische Geschöpfe verborgen sind.

Oder hat man uns einfach nur beschäftigt, damit der Kontrolleur sich vor uns hinstellen konnte, um die Nummern an unseren Handgelenken zu notieren?

Wir wurden alle mehrfach aufgeschrieben. Mich erwischte der Kontrolleur meistens, wenn ich mit meiner Nachbarin sprach. Sprechen während der Arbeit war strengstens verboten.

Jeden Tag wurde eine Frau vom Kontrolleur aufgeschrieben, und wenn er keinen Grund fand, dann suchte er eben nach einem Fehler im Flechtmuster. Irgendetwas fand er immer.

Einmal strichen sie meiner ganzen Familie die Seife. Jetzt erscheint mir das lächerlich, jetzt, wo ich weiß, dass die Braungewändler zum Teil verhungert sind, weil sie ihr Pensum nicht einhalten konnten.

Aber damals war es schlimm, wenn nur die Hälfte auf dem Teller lag und man als Einzige noch im Saal saß, um das Nest fertig zu flechten. Wenn die Finger längst schon brannten und blutig aufgekratzt waren. Es war schlimm, keine Seife zu haben. Der Kutscher hat dich komisch angesehen und gesagt: »Nur ein kleines Paket heute?«, und ich nahm es entgegen, mit ins Haus und starrte auf die Phönixbrosche an der Uniform meines Vaters, als ich es ihm überreichte.

Wenn mein Vater von der Arbeit kam, behielt er seine Uniform noch eine Weile an. Er lehnte am Sesselrand und ließ sich ein Glas Wein von mir bringen. Er nahm immer dann einen

Schluck, wenn ihn etwas besonders aufwühlte, wenn er von der Politik am Königshaus erzählte.

Ich erinnere mich an das Gold der Brosche, das auf seiner Brust glänzte. Während er sprach, musste ich mich besonders anstrengen, meinen Blick wieder zu seinem Gesicht wandern zu lassen.

Hier tragen alle dieselben Hosen und Hemden in dieser nichtssagenden Farbe. Ich vermisse plötzlich die langen schwarzen Kleider und die kleinen Stickereien am Dekolleté, sogar die eng um den Körper geschnürte Korsage.

Callan und Liv aus dem Zirkel üben mit Holzschwertern, und direkt hinter dem Feuer steht Aron mit ein paar Leuten, mit denen er gewöhnlich eher nichts zu tun hat. Das Mädchen mit den langen, roten Haaren dicht neben ihm steht so aufrecht, wie es nur Mädchen von hohem Blut gelernt haben. Ihr Name ist Felicity, ich habe sie schon früher das eine oder andere Mal am Hof der Schwarzgewändler gesehen. Wenn ich mich recht erinnere, hat sie bei der Hundezucht gearbeitet. Sie war ein Waisenkind. Man munkelte, der Brennende König habe ihre Eltern nach einem Gesetzesverstoß vergiftet.

Felicity stellt sich jetzt dichter neben Aron, der auch die drei anderen Schüler näher zu sich heranwinkt. Er erzählt ihnen etwas, worüber er sich wohl aufregt, denn er schüttelt mehrmals den Kopf.

Plötzlich fuchtelt Phil rechts von mir wie wild mit den Armen. Vermutlich verliert er in *Könige und Narren* mal wieder gegen Noel. Der Haufen Kettenhemdringe in der Mitte ist schon ziemlich groß. Noel macht einen neuen Wurf, und jetzt sehen alle gespannt auf den Boden. Phil reibt sich das Kinn. Für ein paar Augenblicke passiert gar nichts. Sie scheinen sehr konzentriert, ein nächster Zug entscheidet womöglich über alles.

»Esteeelle«, dringt von der Seite eine dumpfe Stimme zu mir. Ich sehe nach links, und ein spitzer Schrei entfährt mir. Ganz dicht vor meinem Gesicht starren mich tote Augenhöhlen an.

»Melvin, du Idiot!«, fauche ich.

Er steht mit einem Totenschädel in der Hand neben mir, wackelt damit vor meinem Gesicht herum und klappert mit dem Unterkiefer des Totenkopfs, als würde dieser sprechen. »Sei mir nicht böse, Estelle, ich bin nur ein hohler Schädel.«

Ich rümpfe die Nase und schiebe ihn mit zwei Fingern nach hinten. »Tu den weg, der ist eklig.«

»Sowas sagt man nicht zu einer edlen Dame«, lässt Melvin den Toten weitersprechen.

»Melvin, bitte.«

Er nimmt den Schädel weg und hält ihn ein Stück von sich, schaut ihn an und spricht zu ihm, die Stimme jetzt nicht mehr verstellt. »Wissen wir ja nicht, vielleicht war es ja eine hübsche Dame?«

Ich sehe ihn grimmig an.

Er grinst herausfordernd zurück, dann tätschelt er mir die Wange. »Ach, Estelle«, sagt er, »du bist so ein schönes Mädchen. Aber du guckst immer so traurig.« Er schiebt die Unterlippe vor. »Warum bist du immer so traurig?«

Ich schiebe seine Hand von meiner Wange weg. »Melvin, nerv mich nicht.«

Er weicht ein bisschen zurück und sieht mich für einen

Moment an. Wartet. Seine braunen Augen ruhen auf mir, das Lächeln um seine Mundwinkel zuckt, ich erwidere seinen Blick, sage aber nichts.

»Ich weiß, dass du gar nicht so scheiße bist, wie du immer tust.« Er zwinkert mir zu.

Ich muss mich anstrengen, jetzt nicht doch einmal kurz wegzusehen. Schließlich pikt er mir einmal mit dem Ellenbogen in die Seite. »Ich mag dich trotzdem«, sagt er und läuft davon. Seine Arme schwingen beim Gehen vor und zurück, und plötzlich muss ich doch schmunzeln.

4

Der gewaltige Wind peitscht den Regen wie Nadeln auf die Haut. Ein Sturm, der von Nordosten aufzieht und das Gebirge in gefährliche graue Mauern verwandelt.

Etwas tiefer am Hang läuft der in Leder gehüllte Fremde. Die nasse, schwere Kleidung zieht an seinen Gliedern. Er schleppt sich über den schmalen Schotterweg. Die geschnürten, durchweichten Stiefel sinken immer wieder in tiefe Pfützen ein. Pfützen, in die tausend Tropfen schießen, wie scharfe Pfeilsalven. Rechts von dem Fremden eine mächtige Felswand, links von ihm der steile Abgrund. Die Schlucht so tief, dass einen der Nebel verschlingen würde, bevor man den festen Boden nur erahnen kann.

Dunkle Wolken lauern am Horizont, bald wird der Fremde nicht mehr weiterlaufen können. Ein falscher Schritt in der Finsternis, und die Tiefe wird ihn zu sich rufen.

Er sieht auf. In der Ferne, zwischen den höchsten Gipfeln, erhebt sich eine Stadt aus den Felsen, mindestens zwei Tagesmärsche entfernt. Ihre Palisaden ragen in den wolkenverhangenen Himmel.

Die Kälte hat nun gänzlich Besitz von ihm ergriffen, die Böen sind eisig und fressen sich durch seinen zerschlissenen Umhang.

Längst klappern ihm die Zähne, und der leere Magen liegt wie ein schwerer Stein in seinem Bauch. Die Luft ist ein scharfes Ziehen in seinen Lungen. Jeder Atemzug, als ob sich ein Dolch in die untere Bauchseite bohrt.

Ein gleißend helles Licht, das den Himmel in zackige Linien zerteilt. Und danach ein Donnergrollen, als würde die ganze Welt einbrechen.

Der Schotterweg, der sich an der Felswand entlangschlängelt, wird immer schmaler. Windböen reißen an ihm, er krallt die Hände in die steinerne Wand, damit ihn der nächste Windstoß nicht in den Abgrund reißt, ihn nicht in die Tiefe, in den Tod zerrt.

Der Wind hat ihm das lange Haar in den Nacken geklatscht. Die dunkelblonden Strähnen kleben an seinem Kopf wie Algen.

Er zieht entschlossen das Leder enger um die breiten Schultern und wirft sich dem Sturm entgegen.

Plötzlich bricht der Felssims unter seinen Füßen. Der Fremde rutscht ab.

Mit den Händen greift er in einen Spalt.

Der Brustkorb lehnt zur Hälfte auf dem Schotter, die Beine baumeln über dem Abgrund. Für ein paar Augenblicke verharrt er so, versucht, mit den Füßen einen Felsvorsprung zu finden, etwas, worauf er sich abstützen kann. Aber da ist nur Luft. Ein gepresster, tiefer Laut entweicht seiner Kehle.

Mit einer Hand tastet er nach einem Halt, findet ein paar Äste eines Busches, der aus dem Stein wuchert. Die Zweige, deren letzte Blätter der Sturm davongetragen hat, bewegen sich im Wind. Er schafft es, einen von ihnen zu fassen zu bekommen.

Er ruckt daran, um sicherzugehen, dass die Wurzeln seinem Gewicht standhalten. Er stößt einen Schrei aus, als er all seine Kraft zusammennimmt, um sich nach oben zu ziehen, den linken Fuß kann er jetzt auf einem Vorsprung abstützen. Er schiebt sich komplett auf den Vorsprung, er hat es geschafft, bleibt erschöpft am Wegesrand auf dem Bauch liegen.

Sein Körper hebt und senkt sich in schnellen Atemzügen, als plötzlich das ganze Felsstück nachgibt und mit ihm in den Abgrund stürzt.

Er darf nicht sterben, er darf es nicht.

Und dann stürze ich in die Tiefe, falle durch die Nebelschwaden, seinen Schreien hinterher.

Ich reiße die Augen auf, vor mir eine schwarze Wand aus Dunkelheit, ich bin völlig nass geschwitzt. Meine Schulter bohrt sich schmerzhaft in das Steinbett, das Fell muss ich während des Herumwälzens zur Seite geschoben haben. Ich kann mich nicht rühren und lausche benommen meinem schnellen Atem. Ich schlucke, mein Hals ist trocken, mein Kopf dröhnt, und mir ist übel. Alles auf einmal.

Ich drehe mich auf den Rücken und entlaste meine Schulter. Die Luft fühlt sich so dünn an. Das Fell, das ich jetzt wieder bis unter meine Nasenspitze ziehe, riecht fremd. Ich will nach draußen. Raus hier.

Ich ziehe die Luft ein, aber es ist, als ströme da nicht genug hindurch, als würde jemand meinen Hals zudrücken, und ich habe einfach keine Chance, genug Luft in meine Lungen zu ziehen.

Ich atme immer hektischer und schneller, aber all das macht es nur schlimmer.

Beruhige dich, Estelle. Beruhige dich.

Ich setze mich senkrecht auf, zu schnell, denn das Pochen in meinem Kopf ist wieder da, genau dort, wo es sich beim Gedankenunterricht komisch angefühlt hat. Wie eisiger Nebel, der unter meiner Schädeldecke wabert. Ich halte mich am Bettrand fest, es ist, als ob die Wände über mir zusammenstürzten. Meine Atmung überschlägt sich.

Beruhige dich, Estelle. Beruhige dich.

Jetzt bewegt sich etwas auf der anderen Seite der Zelle. Schritte tapsen auf mich zu.

»Alles in Ordnung mit dir?« Es ist Sams Stimme. Ihre Hände tasten vorsichtig nach mir und legen sich leicht auf meinen erhitzten Arm. »Du glühst ja!«

»Ich –«, ich kann kaum sprechen. »Ich weiß nicht …«, stoße ich hervor.

Sam drückt meinen Arm ein wenig fester. »Estelle, ganz ruhig. Einatmen und ausatmen. Versuch, deine Atemzüge zu zählen.« Sam hält meine Hand und zählt für mich meine Atemzüge.

Eins. Zwei. Drei.

Es funktioniert. Langsam werde ich ruhiger. Ich bekomme wieder Luft.

»Du hast nur geträumt.«

Ich drehe den Kopf in ihre Richtung, auch wenn ich nur ihre Umrisse erkenne.

»Das war kein Traum«, sage ich.

Und jetzt ist es kurz still. Ich kann nicht sehen, wie sie reagiert. Ihre Finger lösen sich von meiner Hand, und sie bewegt sich durch den Raum. Sie kramt in ihrem Beutel, und als sie wieder neben mir ist, reicht sie mir etwas. »Trink was.«

Ich taste danach, erkenne ihren Trinkschlauch und nehme ihn mit zitternden Händen entgegen, kann aber noch gar nichts damit anfangen. »Da war ein Gebirge. Und ein Sturm. Ein Mann.« Jetzt kralle ich meine Nägel in das Leder am Trinkschlauch. »Und Regen und Donner, eine Stadt.«

»Es ist vorbei. Es war ein Traum.«

»Es war kein Traum!«, sage ich noch mal, diesmal zu laut.

»Pssst«, zischt Sam. »Ist ja gut. Was war es dann?«

»Ich weiß nicht.« Ich wische mit der Hand verloren über das Fell, immer und immer wieder. »Es hat gestürmt und ich … Ich wollte nicht, dass er fällt.«

»Was wollte der Mann?«

»Ich weiß es nicht, er ist abgestürzt, er ist einfach abgestürzt.«

»Estelle, beruhige dich. Jetzt ist alles gut.«

»Ich … ich –«

»Trink«, sagt sie noch einmal und schiebt das Wasser in Richtung meines Munds. Ich nehme einen Schluck.

Sam sitzt in der Hocke vor meinem Bett, wartet, ich nehme wieder einen Schluck. Vielleicht weiß sie gerade nicht mehr, was sie sagen soll, aber das macht nichts, ich bin einfach nur froh, dass sie da ist.

Ich gebe ihr den Trinkschlauch zurück, und dann vergrabe ich das Gesicht in meinen Händen, massiere mir die schmerzenden Schläfen. Und da ist nun mehr als ein Pochen.

»Mein Kopf tut weh.«

»Das geht gleich wieder weg.«

»Nein, er tut anders weh.« Ich massiere weiterhin meine Schläfen. »Komisch weh«, sage ich schließlich, und plötzlich, obwohl ich am ganzen Körper schwitze, schüttelt es mich vor Kälte. »Ich wollte nicht, dass er fällt, Sam.«

5

Favilla. Speisesaal.

Flammen lodern in den zahlreichen Feuerkörben. Wir sitzen an langen Tischen aus dunklem Holz. Seit gestern Nacht liegt eine Schwere in meinem Kopf, meine Glieder schmerzen, als hätte ich hohes Fieber gehabt.

Ich habe keinen Appetit.

Ich starre auf die verschrumpelte Schwarzwurzel. Sie sieht ungenießbar aus, an den Rändern wuchern kleine Knollen, dennoch schmeckt sie besser als die meisten anderen Mahlzeiten, die wir hier unten bekommen. Ein bisschen süßlich und nicht so trocken, und sie bleiben einem nicht so im Hals stecken, dass man besonders viel danach trinken muss.

Trotzdem kann ich sie nie richtig genießen, weil die Schwarzwurzeln uns die Zirkeltreffen ankündigen, weil ich dann am Morgen nicht weiß, was mich in der Nacht im Zirkel erwartet.

Nach kurzer Überwindung beiße ich genau in dem Moment in die Wurzel, als auch Noel, der mir schräg gegenübersitzt, einen Bissen nimmt. Wenn ich die Hälfte von meiner gegessen habe, hat er in derselben Zeit ganze drei verschlungen. Bei uns

Schwarzgewändlern hätten wir die Köpfe geschüttelt, doch hier stört es keinen, im Gegenteil, Melvins Witze über Noels Manieren amüsieren die Runde jedes Mal aufs Neue.

Manchmal bekommen wir bei den Zirkeltreffen nur ein paar Informationen – Neuigkeiten, die Spione aus dem Königreich zu berichten haben. Oder wir planen die Abholung neuer Schwellensitzer. Manchmal dauert es nur drei Monate bis zur nächsten Abholung, manchmal auch fünf oder sechs, das kommt immer ganz auf die Geschäfte des Brennenden Königs an. Ich weiß, dass Melvin, Callan, Moa und Liv die letzten beiden neuen Schüler abgeholt haben: Lucas und Noel.

Aber ich war immer noch bei keiner Außenmission dabei. Ich war nicht ein einziges Mal draußen, seit sie mich in jener Nacht hierher gebracht haben. Jener Nacht, in der ich mich vor die Türschwelle eines anderen Mädchens gesetzt habe.

Ihr Name war Josephine, ihre Familie trug einen Kelch im Wappen. Ihr Vater leitete die Pferdezucht. Sie hatte bereits die dritte und somit letzte Haremszeremonie überstanden, und dann prangte das Symbol an ihrer Tür. Die drei roten Striche, die aussahen, als hätte sie ein Ungeheuer ins Holz gerammt.

Es regnete. Der Wind fing sich heulend unter den Dachfirsten und brachte die geschlossenen Fensterläden zum Klappern. In der Ferne hörte man den Donner grollen, bald würden die dunklen Wolken auch uns erreicht haben und das Grollen in lautes Krachen verwandeln.

Sie zuckte heftig zusammen, als ich vor ihr stand, womöglich dachte sie, die verhüllten Männer seien schon da.

»Ich gehe für dich.« Egal, wie sehr ich mich fürchtete, ich

hatte mich entschieden, zu handeln. In dieser Nacht fühlte ich mich nur wie das Abbild meiner selbst, als würde ich mir von außen zusehen.

Josephine sah von der Treppenstufe auf. Sie wischte mit dem Ärmel Rotz von ihrer Nase. Ihre Augen waren geschwollen, und ihr Kiefer zitterte vor Angst und Kälte, hörte gar nicht mehr damit auf.

Sie stand langsam auf und legte dann die Hand auf meine Schulter. Für ein paar Augenblicke sah sie mich nur an. Der Regen strömte unbarmherzig zu Boden, hatte uns längst durchnässt. Das flackernde Leuchten der herannahenden Blitze erhellte ihr Gesicht.

»Ich danke dir«, sagte sie.

Ich nickte ihr lediglich zu und schob ihre Hand von meiner Schulter. »Geh schon.«

Sie hatte die Türklinke bereits umfasst, als sie sich noch mal zu mir umdrehte. »Dir ist klar, dass das hier dein Tod sein könnte?«

Aber mir war plötzlich egal, was sie sagte. Ich spürte keine Angst, die einzige Empfindung, die ich in mir trug, war die Hoffnung, dass die verhüllten Männer mich dahin brachten, wo Leo war. Nichts konnte schlimmer werden, als noch länger von ihm getrennt zu sein.

»Ich weiß«, sagte ich leise.

Und dann fiel die Tür ins Schloss.

Es blieb seltsam still in mir, ich fühlte nur Leo, wusste, wie es sich anfühlen würde, wenn er jetzt neben mir sitzen und meine Hand ganz fest drücken würde.

Ich habe die Tage nicht gezählt, aber es sind schon viel zu viele. Möglicherweise habe ich bereits einen ganzen Jahresumlauf in Favilla verbracht. Am besten ist es, das Knochenmehl gar nicht zu beachten, denn jedes Körnchen ist ein weiterer Moment, der Leo weiter von mir entfernt.

Mittlerweile bin ich mir nicht mehr sicher, ob es ausreicht, die beste Bogenschützin zu sein. Bin ich gut genug für den Zirkel? Und was, wenn nicht? Ich habe Angst, dass Jonathan mir nicht traut, von meinen Zweifeln weiß. Vielleicht war ich deshalb noch bei keinem Austausch dabei.

Zwischen Kaugeräuschen und Gelächter fällt mir plötzlich wieder die Schülergruppe um Aron auf. Sie sitzen zwei Tische weiter, aber ich kann sie von hier aus beobachten. Es sind dieselben wie letztes Mal: Felicity, Timeon, Marcus und Valerie.

Aron springt von der Bank hoch, sodass die Teller auf dem Tisch klappern. Die Sehnen an seinem blassen Hals zeichnen sich deutlich ab, er wendet sich Benjamin zu und redet auf ihn ein. Benjamin motzt zurück, er hat die Hände zu Fäusten geballt, und sein Gesicht nimmt langsam eine rote Farbe an. Es ist zu laut, ich kann von hier aus nicht mal ein paar Wortfetzen verstehen.

»Was ist da?« Sam wirft einen Blick über die Schulter.

»Nichts weiter.« Ich kaue auf der Wurzel herum. »Nur Benjamin, der wieder meckert.«

»Na dann.« Sam tupft mit den Fingern die Brotkrümel vom Teller, sie wirkt wenig beeindruckt. Auch sonst scheint kaum jemand den Streit zu bemerken, obwohl Benjamin immer noch wutentbrannt auf Aron einredet, der ihn um mindestens einen ganzen Kopf überragt. Das Wortgefecht geht so lang hin und her, bis Benjamin Aron einfach den Rücken zudreht und davonhumpelt, so schnell es seine krummen Beine zulassen.

Er steuert auf den Ausgang zu und murmelt etwas vor sich hin, schüttelt den Kopf und fährt sich mit der Hand ein paarmal über die Glatze.

Als ich wieder zu Aron schaue, bemerkt dieser meinen Blick und kräuselt die Lippen. Kurz bin ich irritiert, weiß nicht, ob das wirklich mir gelten soll, schiele schnell auf den Platz neben mir, wo Nora jetzt mit ihrem Teller aufsteht, schaue dann wieder zu Aron, der mich immer noch anstarrt.

Das Blau in seinen Augen ist kalt. Er schluckt, der Kehlkopf schiebt sich an seinem Hals entlang und sieht dabei seltsam spitz aus, so als müsste er ihm eigentlich die Haut von innen aufschlitzen.

Jonathan erwartet uns bereits. Er steht dicht vor dem Brunnenschacht, ohne sich jedoch anzulehnen. Er verharrt, bis alle da sind, so als wäre Warten etwas, was man ganz bewusst tun muss, etwas, wobei man nicht noch andere Tätigkeiten nebenbei verrichten kann. Es ist nicht die kleinste Regung in seinem Gesicht abzulesen, erst, als wir in einem Halbkreis um ihn herum stehen, erhebt er die Stimme. »Ich will euch nicht beunruhigen, aber ich möchte ehrlich zu euch sein.« Er legt langsam die Fingerspitzen aneinander. »Wir haben letzte Nacht Königsboten gesichtet. So nah sind sie den Friedhofsmauern noch nie zuvor gekommen. Nicht sehr bedrohlich nah, aber wir müssen das Ganze beobachten. Falls es wieder passieren sollte, müssen wir Maßnahmen ergreifen.« Er presst seine Finger fest aneinander, bis sie weiß sind. Jetzt schaut er zu Roland. »Wenn die Königsboten auch nur ahnen, dass sich Menschen jenseits der Waldgrenze aufhalten, müssen wir zu jeder Zeit kampfbereit sein.«

Sein Blick streift meinen. Die Ränder unter seinen Augen sind noch dunkler als sonst. »Ich zähle im Ernstfall auf jeden Einzelnen von euch.«

Roland nickt ihm stumm zu, Mirlinda steht mit verschränkten Armen da, Emma hat die Hand am Schwertgriff.

»Lucas«, sagt Jonathan.

»Ja.«

»Ich habe etwas für dich vorbereitet.« Die Fältchen um Jonathans Augen werden tiefer. Es sieht aus wie ein missglückter Versuch, zu lächeln.

Finnley zieht ein Tuch von einem hölzernen Ständer, auf dem Lucas' neue Lederrüstung arrangiert ist. Jonathan hat bereits die Hand ausgestreckt, damit Finnley ihm als Erstes den ledernen Brustpanzer überreichen kann, als hätten sie den Ablauf bereits im Voraus abgesprochen.

»Tritt einen Schritt vor.«

Lucas gehorcht.

»Die Rüstung trägt das Zeichen des Zirkels auf der Brust. Sie ist deine zweite Haut während des Kampfes«, sagt Jonathan feierlich.

Lucas zieht sich die Sachen ein wenig ungeschickt über. Er braucht lang, bis er die Schnallen an den Seiten und die Gurte um die Hüfte enger gezogen hat, bis alles richtig sitzt. Das Leder ist schwarz und zu feinen, pfeilartigen Mustern ausgearbeitet, die sich dem Körper perfekt anpassen.

»Jetzt umdrehen.«

Lucas tut kommentarlos, was man von ihm verlangt, und Jonathan hilft ihm durch die Riemen des Rückenteils, an dem die Schwertscheiden befestigt sind.

Dann setzt er ihm die Schulterplatten auf, die zackenartig nach außen zeigen. »Streck deine Arme aus.«

Lucas hält ihm die Arme hin, sodass Jonathan ihm die Handschuhe anlegen kann. Das Leder schmiegt sich um Lucas' Finger. Auf die Handrücken sind dünne, aber kräftige Eisenmanschetten genäht. Auch sie sind in Schwarz gehalten, so wie der Rest von Lucas' Rüstung, selbst die geschnürten Stiefel verschmelzen mit den Schatten auf dem Boden.

Zuletzt wirft Lucas die Robe um sich, zieht die Kapuze über den Kopf. In dem Umhang sieht er aus wie ein dunkler Krieger, der sich ungesehen durch die Nacht bewegen kann.

Das ist einfach nicht richtig.

Er sollte protestieren, er sollte fragen, wofür, er sollte fragen, wer die Sachen angefertigt hat, wohin Alexis verschwunden ist. Und er sollte sich diese Rüstung ganz allein anlegen. Aber er tut nichts von alldem. Stattdessen habe ich das Gefühl, als würde er uns alle ausblenden, sich nur auf das Gefühl des Stoffs auf der Haut konzentrieren. *Wie eine Königswache,* schießt es mir durch den Kopf. *Eine Königswache, die Befehle ausführt, anstatt sie zu hinterfragen.*

Jetzt nimmt er die zwei neuen Schwerter entgegen. Ihre Klingen glänzen, sodass sich das Feuer der Fackeln im silberfarbenen Stahl spiegelt. Die Griffe haben schnabelartige Zacken und eingefasste, glänzende Wappenzeichen. Wenn man sie nebeneinanderhält, zeigen die Wappenteile so aufeinander, dass sie eine Phönixträne ergeben. Zwei aufeinander abgestimmte Schwerter. Wie Zwillinge. Ein sehr talentierter Schmied muss sie angefertigt haben.

»Phönixtränen, Lucas«, sagt Jonathan. »Sie sind das Symbol unseres Wappens und das wertvollste Schmuckstück, das du je besitzen kannst. Dies ist nur eine Nachbildung. Ein Phönix kann nur einmal in seinem ganzen Leben weinen. Echte Tränen verhärten sich zu einem Edelstein. Es heißt, seine Träger werden von der Kraft der Phönixe behütet. Sie sind äußerst selten.«

Lucas streicht einmal mit den Fingern über die eingearbeiteten Zeichen an seinem Schwert, in seinen Augen kann ich sehen, dass es ihn geradezu danach dürstet, sie in einem Kampf einzusetzen.

Am liebsten würde ich sagen, dass sie mit dieser Vorstellung endlich aufhören sollen, dass diese Machtdemonstration unnötig ist. Stattdessen presse ich meine Lippen zusammen.

Im Einzelunterricht kann ich mich wieder etwas sammeln. Lucas übt mit Emma direkt neben meiner Zelle den zweihändigen Schwertkampf. Mirlinda ist mit Sam durch die dritte Tür verschwunden, sie trainieren mit Schwert und Schild. Nora wird von Isabelle in Alchemie unterrichtet. Melvin übt in Zelle vier das Messerwerfen. Liv und Callan probieren sich derzeit im Morgensternkampf aus. Finnley und ich kümmern uns um das Bogenschießen.

Obwohl er stottert, sind seine Bewegungen gezielt, er führt jede davon mit einer unverwechselbaren Sorgfalt aus. Ohne den Köcher auf dem Rücken würde er vermutlich leer aussehen. Wenn ich Finnley spontan beschreiben müsste, könnte ich mich im ersten Moment vielleicht sogar nur schwer an die Feinheiten seines Gesichts erinnern, nur an die schlaksige Figur.

Ich halte mich bereit, will schon den ersten Aufwärmschuss abfeuern, aber Finnley schüttelt den Kopf. »Heute üben wir den N-nahkampf.«

»Nahkampf?« Ich runzle die Stirn.

Er nickt. »Wie du d-dich wehrst, wenn dein G-gegner so dicht vor d-dir steht, dass du keinen B-bogen mehr spannen kannst.« Er stellt sich vor mich, sodass nur noch eine Armlänge zwischen uns liegt, um zu demonstrieren, wovon er spricht. »W-welche M-möglichkeiten hast du jetzt n-noch?«

»Ich könnte dir die spitzen Enden des Bogens in die Brust stoßen.«

Er nickt.

»Ich könnte einen Pfeil ziehen und ihn dir ins Auge stechen.« Er nickt wieder.

»Ich könnte dich mit dem Knie rammen.«

»W-was noch?«

Ich zucke mit den Schultern. »Meine Fäuste?«

Er winkt ab und lacht, man sieht seine Zahnlücke. Er geht in die Knie und zieht plötzlich einen Dolch aus seinem Stiefel. »D-du b-brauchst ein eingearbeitetes F-futteral an den St-Stiefeln. D-du musst immer eine Reservewaffe dabeihaben.« Er reicht mir den Dolch und zeigt mir, wie ich die Notwaffe geschickt verstaue, um dann möglichst schnell und unauffällig nach ihr greifen zu können. »Vergiss nicht, d-dass die K-Königswachen meist eine P-Plattenrüstung tragen. Sicherlich hast du einen V-Vorteil, da du mehr B-Bewegungsfreiheit und Ausdauer hast. Du bist schneller und hast kein eingeschränktes Sichtfeld, t-trotzdem wird es k-kein Leichtes sein, die Schwachstellen zu t-treffen.«

Wir spielen ein paar Kampfsituationen durch, und ich lerne, in welche Körperteile des Gegners ich die Klingen steche.

»Z-zum einem die Achseln, d-dann die K-Kniekehlen, und vergiss nicht die W-Weichteile.«

Ich versuche, seine Bewegungen genau zu imitieren – wie seine Hände den Griff umschließen, mit welcher Geschwindigkeit er die Bewegungen ausführt, die Beinhaltung. Ich will versuchen, die Technik und die strategischen Züge exakt zu erfassen, aber im nächsten Moment habe ich das meiste schon wieder vergessen. Die Schwere seit dem Gedankenunterricht ist immer noch nicht ganz aus meinem Kopf verschwunden. Dieses seltsame Gefühl begleitet mich ununterbrochen.

»N-noch einmal«, sagt Finnley. »Achte auf den F-Fokus, lenk von d-deinen Händen ab.«

Jetzt, wo ich mich konzentrieren will, nehme ich die Geräusche aus dem Nebenraum umso lauter wahr. Das Schlagen der Schwerter und hin und wieder ein Brüllen aus Lucas' Kehle.

Ich beiße mir auf die Lippe, versuche, alles auszublenden, arbeite verbissen weiter.

Nach etwa einer Stunde lässt Finnley mich gehen. »G-genug für heute. Wir sehen uns m-morgen früh in L-Liga Eins.«

»Ist gut.«

Ich verlasse die Einzelzelle, als gleichzeitig die Tür neben mir aufschwingt und Lucas beinahe in den Zirkelraum zurückstolpert. Er stützt die Hände auf den Knien ab, den Rücken gebeugt, mit dem Kopf nach unten, darüber die Kapuze. Er schnauft, atmet durch, erst als er mich entdeckt, richtet er sich ruckartig auf. Sein Gesicht ist schweißüberströmt, die Wangen sind gerötet. Sein Brustkorb hebt und senkt sich immer noch so schnell, als ob er eben um sein Leben gerannt wäre.

»Was starrst du mich so an?« Seine Augen verengen sich zu schmalen Schlitzen. »Hast du noch nie einen Kerl schwitzen sehen?«, fragt er und schiebt sich die Kapuze vom Kopf, fährt sich einmal durch das lockige Haar. Er streicht es nach hinten, normalerweise fällt es widerspenstig vor die Stirn zurück, aber jetzt bleibt es liegen. Es ist nur eine Trainingseinheit gewesen, und er muss gekämpft haben, als gäbe es kein Morgen mehr.

»Doch, habe ich.«

»Und warum starrst du mich dann so an?«

Weil mir nichts einfällt, schüttle ich nur den Kopf. Dann setze ich an, aber verwerfe meine zurechtgelegten Worte wieder.

»Ach, vergiss es«, sage ich schließlich, schultere den Köcher und stapfe davon, ohne noch einmal in sein Gesicht zu sehen.

Auch ich finde es wichtig, dass ich kämpfen, dass ich mich verteidigen kann, doch diesen Willen, der in Lucas' Augen brennt, kann ich einfach nicht verstehen.

Sam schläft schon, als ich in unserer Zelle ankomme, und ich versuche, leise zu sein. Stelle die Öllampe vorsichtig ab, ehe ich meinen Umhang ablege und schnell unter das Fell schlüpfe. Ich starre an die Decke. Versuche, einfach nur da hoch in die Finsternis zu blicken und nichts zu denken, jedoch vergeblich. Immer wenn ich auf den Schlaf warte, kommt alles zurück.

Ich weiß noch, wie es sich anfühlt, wenn Leo neben mir liegt. Erinnere mich an das Geräusch, wenn das Stroh unter den Laken knistert, die wir uns immer mit in den verlassenen Lagerschuppen genommen haben. Ich mag seine Wärme, die Nähe, wenn er sanft mit den Fingerspitzen über meine Wange streift. Wenn sein heißer Atem zwischen meine Lippen strömt.

Dann zieht er mich zu sich. Bis meine Haut seine berührt, bis meine nackten Brüste gegen seinen Oberkörper drücken.

Ich spüre das Pochen seines Herzens in seinem ganzen Körper. Höre seinen Atem, das Menschengeräusch, das immer da ist, auch wenn er ganz still zu sein scheint. Selbst wenn ich mich nur ganz leicht an ihn gelehnt habe, habe ich sein Herz schlagen gehört. Manchmal besonders schnell, manchmal besonders stark. Voller Leben.

Ich denke daran, wie sein Atem auf meine Haare fiel, immer wieder auf dieselbe Stelle an meiner Kopfhaut traf. Ich denke an die Hitze unter den Laken, die im Sommer kaum auszuhalten war. Am liebsten mochte ich es, dann ein Bein nach draußen zu schieben, auf die kalte Oberfläche des Betttuchs. Dort habe ich es so lange liegen lassen, bis es kalt war, und es erst dann wieder unter die warme Decke gezogen, ganz nah an seine Beine.

So ging das in all den Nächten. Weil ich nicht schlafen konnte, aber auch nicht schlafen wollte. Solche Nächte sind dafür viel zu wahrhaftig. Ich habe mich die ganze Zeit gefragt, ob er wohl schläft. Immer wieder hat er sich bewegt, aber es waren keine Bewegungen, die man im Schlaf macht. Und vielleicht hätten wir noch mal ein paar Worte wechseln können, aber nur flüstern, Reden wäre zu laut gewesen. Wir hätten uns sagen können, wie riskant das war, was wir hier taten, wie leichtsinnig.

Besudelt. Ich kann mich genau erinnern, wie Der Herold dieses Wort betonte. So nannte er die Mädchen von hohem Blut, wenn sie nicht mehr unberührt waren.

Manchmal haben wir vielleicht nur so getan, als würden wir schlafen, weil die Zeit so kostbar war. Weil es reichte, nur so dazuliegen und sich zu halten.

Und jetzt liege ich wach, weil ich das nicht vergessen kann.

6

Favilla. Große Halle.

Als Lucas den Raum betritt, wünsche ich mir, ich hätte die Einheit geschwänzt.

Ich stupse Nora in die Seite. »Was macht der hier?«, flüstere ich. »Wir sind in Liga Eins.«

»Soweit ich weiß, hat er mittlerweile in fast allen Kampfdisziplinen Liga Eins erreicht«, sagt sie, als wir jetzt wahrscheinlich etwas zu auffällig in seine Richtung starren.

Er nimmt sich Bogen und Pfeile, die an einem der Pfosten lehnen, und stellt sich in die Reihe, auf den freien Platz neben mir. »Hey«, sagt er, ohne mich dabei direkt anzusehen.

Ich nicke ihm kurz zu und konzentriere mich dann wieder auf meinen Bogen, befestige meinen Sehnenschutz und binde mir die Haare zu einem Zopf. Dann streiche ich einmal über die Sehne des Langbogens, teste, ob sie genügend Spannung hat.

»W-willkommmen in Liga Eins.« Finnley steht am oberen Ende der Halle, dort, wo sich auf dem Marmorboden die Spitze der Flamme abzeichnet. Rechts und links von ihm sind Strohpuppen in einer Linie aufgestellt, mehrere Dutzend Schritte von uns entfernt. Die äußerste Puppe, Lucas' Zielobjekt, steht dicht neben einem der eisernen Feuerkörbe. Es würde mich nicht wundern, wenn einer seiner Pfeile aus Versehen Feuer fängt.

»Zuerst schießt ihr auf den B-Bauch«, Finnley zeigt auf die Körpermitte einer Strohpuppe, »d-dann auf die H-Hände, Augen, K-Knie, Schenkel und zuletzt auf das H-Herz.« Jetzt pikt er mit seinem langen Finger auf die linke Brusthälfte, woraufhin sich ein Halm löst und langsam zu Boden fällt.

Er dreht sich wieder zu uns um. »M-merkt euch die Reihenfolge. Der Erste, der alle Z-Ziele getroffen hat, g-gewinnt.«

Unwillkürlich schiele ich zu Lucas hinüber. Sein Blick fixiert die Puppe, als würde dort ein wahrhaftiger Feind stehen, dessen Schwert vor Blut trieft.

Bogenschießen ist das, was ich kann. Wettkämpfe sind das, was er kann, dennoch glaube ich nicht, dass er genug Ruhe beim Abschuss hat. Den Tunnelblick, den ich bekomme, wenn ich den Bogen spanne und alles andere ausblende. Wahrscheinlich mag ich Bogenschießen deshalb so sehr.

Eine ruhige Hand habe ich schon beim Nestflechten benötigt, darin bin ich geübt. Der Bogen in meinen Fingern fühlt sich leicht an. Kein schweres, kühles Schwert. Keine massive, sperrige Axt. Nur die leise Waffe, fließende Bewegungen und ein spitzer Pfeil, der urplötzlich aus der Deckung hervorsaust.

Finnley hat sich inzwischen hinter uns gestellt und klatscht einmal in die Hände. »Los!«

Anvisieren, spannen, zielen und lösen, geht es mir durch den Kopf. Es ist ganz einfach.

Ich hake die Nock des ersten Pfeils in die Sehne und ziehe

den rechten Arm nach hinten, die Sehne drückt sich in mein Kinn und in meinen Mundwinkel, eine vertraute Berührung. Ich fixiere das leere Gesicht der Strohpuppe, als mich Lucas' Herumfuchteln ablenkt. Ich schiele hinüber. Seine Füße bilden keine klare Linie zum Ziel, sein Zuggewicht ist viel zu hoch und der Bogen überspannt. Er feuert den ersten Schuss ab und trifft mitten in den Bauch der Puppe.

Ich muss mich konzentrieren, nur das Ziel im Blick haben. Ich löse den Pfeil, aber er fliegt knapp an der Puppe vorbei, bis er am Ende der Halle in die Strohmatten einschlägt.

Schnell ziehe ich den nächsten Pfeil aus dem Köcher, bestimmt hat das eben keiner beachtet, die nächsten Treffer landen wie gewohnt.

Das letzte Ziel ist das Herz. Ich spanne den Bogen, als das Pochen in meinem Kopf wieder beginnt und ich innehalte. *Warte.* Aber es verschwindet nicht, die Puppe ist unscharf vor meinen Augen.

Ich sehe, wie Lucas' Kiefermuskeln heftig in seinem Gesicht arbeiten. Ich kann ihn nicht ausblenden, seinen Ehrgeiz, wie er die ganze Zeit Pfeile abfeuert, ohne einmal Pause zu machen. Wie er ohne geschicktes Handwerk, ohne erkennbare Technik, dennoch nach und nach die Ziele trifft. Sein eiserner Blick, das Flackern in seinen Augen, wenn er zielt, und das Wischen über seine Handrücken, wenn er getroffen hat. All das macht mich so rasend.

Anvisieren, spannen, zielen und lösen.

Zack. Aber der Pfeil geht daneben. Jetzt bemerke ich die Stille im Raum.

Alle Augen sind auf mich gerichtet, und zum ersten Mal zittert der Bogen in meinen Fingern. Zum ersten Mal schwitzen meine Hände am Griff.

Ich bin die Letzte.

Und plötzlich habe ich das Gefühl, ich habe mich zur Zielscheibe verwandelt, und es sind ihre Blicke, die jetzt wie Pfeile auf mich zuschießen. Die Atmosphäre ist längst gekippt, ohne dass ich es bemerkt habe. Gedehnte Zeit. Sie haben mich im Visier, und das Pochen wird immer lauter. Es erfüllt meinen ganzen Kopf.

Ein letzter Versuch. Und auch wenn ich möglicherweise noch konzentriert aussehen mag, so, als wollte ich nichts lieber, als diesen perfekten Schuss zu landen, kostet es mich schon die größte Konzentration, einfach nur die Augen offen zu halten.

Anvisieren, spannen, zielen und lösen.

Ich lasse den Bogen sinken. So geht das nicht.

»Du gibst viel zu schnell auf«, raunt Lucas mir von der Seite zu, und ich würde ihn am liebsten schütteln, anschreien und ihm sagen, dass er doch überhaupt keine Ahnung hat, weder was in mir vorgeht, noch was überhaupt hier in Favilla vor sich geht.

»A-Alles in Ordnung, Estelle?«, fragt Finnley.

Sie sollen aufhören, mich ständig zu fragen, ob alles in Ordnung ist. Ich will das nicht mehr hören.

»Mir geht es gut«, sage ich und merke selbst, wie angespannt ich klinge.

»Ihr k-könnt gehen für h-heute«, sagt Finnley schließlich, aber ich kann noch nicht gehen, ich konnte nicht mal diesen letzten Schuss abfeuern, und Lucas ist schuld, wenn die anderen jetzt über mich reden. Wenn das hier bis zu Jonathan durchdringt.

Lucas fuchtelt immer noch an der verknoteten Schnur seines Köchers herum. Als nur noch wir beide in der Halle sind, fasse ich ihn am Ärmel. »Was sollte das eben?«, frage ich.

»Was willst du?«

»Na, dein wirres Rumgefuchtel die ganze Zeit und der Kommentar.«

»Kann ich doch nichts dafür, wenn du einen schlechten Tag hast«, sagt er unbeeindruckt und zieht seinen Arm zurück.

»Ich hab mich vor allen blamiert!«

»Daran bist du wohl selbst schuld«, sagt er und wendet sich wieder seinem Knoten zu.

»Ehrlich gesagt verstehe ich deinen Ehrgeiz nicht«, stoße ich hervor, und jetzt sieht er wieder auf.

»Es war nur eine Übung, komm mal runter.«

»Nein, du bist doch derjenige, der hier alles so ernst nimmt. Wie du Jonathan, Emma und all denen blind vertraust.« Ich trete noch näher an ihn heran. »Denkst du wirklich, die haben uns alles gesagt?«

Seine blauen Augen sehen direkt in meine. Sein Blick ist wutentbrannt. »Was für ein Problem hast du mit mir?«

»Mein Problem ist, dass du alles für die tun würdest.«

Er schnaubt. »Ach so.« Und jetzt steht er so nah vor mir, dass ich sehe, wie seine Pupillen hin und her zucken. »Dann sag mir mal: Warum bist du denn überhaupt im Zirkel, wenn du so misstrauisch bist?«

»Darum geht es nicht.«

Lucas' Finger krampfen sich um den Gurt des Köchers. Immer fester. »Um was denn dann? Du hast doch keine Ahnung von mir!« Jetzt schreit er plötzlich, das Schreien ist laut in der leeren Halle. So laut, dass seine Stimme in meinem Kopf dröhnt, mein Blick ist auf seine geballten Fäuste geheftet. Und plötzlich reißt er den Gurt mit einer Wucht von sich, schleudert den Köcher über den Marmorboden, und all die Pfeile schlittern davon. »Ich mache hier mein Ding, und es ist mir egal, was du darüber denkst!«, brüllt er.

»Musst du gleich so ausrasten?« Ich trete erschrocken einen Schritt zurück.

»Du hast doch keine Ahnung.« Lucas kickt mit dem Fuß einen Pfeil von sich, er rollt ein paar Meter über den Boden, bis er zum Liegen kommt. »Was suchst du überhaupt hier?« Sein eiserner Blick bohrt sich in meine Augen. Ich will ihm am liebsten tausend Sachen auf einmal an den Kopf werfen, aber stattdessen kann ich nur die Lippen aufeinanderpressen, weil er recht hat. Und das ist das Schlimmste an allem: Er hat recht. Ich weiß nicht, was ich hier suche.

Mir bleibt nichts anderes übrig, als an ihm vorbeizurauschen. Ihn einfach dort stehen zu lassen, weil ich nichts mehr zu sagen weiß.

In den Gängen fange ich an zu rennen, bis die Lichter immer weniger werden, dann stürme ich die schmalen Treppen hinunter und mache erst in meiner Zelle halt. Das Pochen in meinem Kopf hat sich bereits in meinem ganzen Körper verteilt, bis in die Fingerspitzen klopft es.

Ich sinke auf den Boden.

Irgendwann fühle ich mich wie betäubt. Ich ziehe die Knie an mich und vergrabe den Kopf zwischen den Beinen, mache mich klein, bis ich dem Druck in meiner Kehle nachgebe und anfange zu weinen.

Ich vergesse Lucas. Vergesse das Bogenschießen. All das ist plötzlich so unwichtig.

Ich will weg von hier. Weit weg. Zu Leo. Alles, was ich will, ist bei ihm sein.

Nur er kann mich ganz fest in den Armen halten, nur ihm glaube ich, wenn er mir sagt, dass alles gut werden wird.

Ich wische die Tränen aus dem Gesicht, das Schniefen ist laut, und mein eigenes Weinen kommt mir fremd vor.

»*Vermisse mich nicht.*«

Ich habe mein Versprechen von der ersten Sekunde an gebrochen. Ich habe es nicht halten können.

Ich zittere, selbst die Kraft aus den angewinkelten Beinen schwindet, sie liegen jetzt einfach flach auf dem Boden.

Meine Sehnsucht wird mich auffressen. Ich gehöre hier nicht her.

Die wirklichen verhüllten Männer hätten mich damals an der Türschwelle abholen sollen. Ich habe mich nicht auf die Stufen gesetzt, um hier zu sein! Lieber hätte ich als Sklavin mit Leo die Bettpfannen der Reichen geleert, gehungert und bis auf die Knochen geschuftet, als hier allein zu sein.

Plötzlich schiebt sich die Tür auf. Sam platzt herein und bleibt abrupt stehen, als sie sieht, wie ich auf dem Boden kauere. Mühsam stehe ich auf.

»Du hast geweint«, sagt sie. »Was ist passiert?«

»Lucas Gavener ist ein Arschloch«, antworte ich und plumpse kraftlos auf mein Bett.

Sam sieht mich verwirrt an und setzt sich mir gegenüber. »Was hat er getan?«

Ich kralle die Finger in die Bettkante. »Ich gehöre hier überhaupt nicht her. Ich … ich habe in Favilla gar nichts zu suchen.«

Sam scheint etwas überrascht von meinem Gefühlsausbruch, dennoch geht sie auf mich ein. »Hör nicht auf ihn«, sagt sie.

Ich blicke nach unten, dann wieder in ihr Gesicht. »Aber, ich meine, was ist denn, wenn es stimmt? Wenn er recht hat?«

»Ach, Estelle.« Plötzlich steht sie auf und setzt sich neben mich. »Keiner hat sich ausgesucht, hier zu sein.« Vorsichtig legt sie einen Arm um mich. Die Berührung hat etwas sehr Tröstliches. Plötzlich ist da etwas Vertrautes zwischen uns. So, als würden wir ein Geheimnis zusammen hüten.

Ich presse die Lippen aufeinander, damit die Schluchzer nicht wieder aus mir herausbrechen. »Ich vermisse Leo«, murmle ich.

Sam wirkt nicht sonderlich überrascht. »Du liebst ihn?«

Ich schlucke schwer und nicke. Ob sie wohl auch an jemanden denkt? Ob sie wohl auch Sehnsucht hat?

»Weißt du was?« Ihre Stimme ist nun ein wenig lauter, und sie setzt einen verschwörerischen Blick auf. »Wir hassen Lucas ab sofort.« Dann drückt sie mir einmal den Arm, bis ich nicke. Sie verharrt. »Du weißt aber schon, dass mir das nicht ganz so leichtfallen wird?«

»Was?«

»Na ja«, sagt sie und beißt sich auf die Lippe. »Ganz hübsch ist er ja schon.«

»Hübsch?« Ich ziehe verwundert die Brauen hoch.

»Ja.« Sie muss grinsen, und ihre Wangen röten sich ein wenig. »Und *aufregend.*«

»Ach ja? Also wenn hier einer hübsch ist, dann ja wohl sein Zellengenosse. Noel.« Ich löse mich aus ihrer Umarmung, um ihr in die Augen zu schauen.

Sam legt ihren Kopf schräg, so als würde sie sich gerade sein Bild genau vor Augen rufen. »Aber den finden wahrscheinlich alle toll«, sagt sie.

»Macht ihn das denn weniger *aufregend*?« Und dabei betone ich das *aufregend* genau so, wie sie es bei Lucas betont hat, und jetzt schnappt sie eines der Felle und will es auf mich werfen. Ich kann es gerade noch abfangen, als aus mir ein Lachen herausbricht. Kurz lachen wir beide. Kurz ist alles vergessen, bis wir wieder schweigen.

»Was er auch gesagt hat, vergiss es einfach.« Sam steht auf und streckt mir die Hand entgegen. »Komm.«

Ich schaue auf ihre Hand. Ich bin froh, dass sie da ist, dass sie auch nach meinem seltsamen Traum bei mir war, und lasse mich von ihr hochziehen. Ich bin ihr dankbar, aber es ändert nichts daran, dass mein Entschluss feststeht.

Der Gedanke war von Anfang an da. Er war die ganze Zeit irgendwo in meinem Kopf, aber es war mir noch nie so klar wie jetzt: Ich brauche einen Plan.

Die nächste Außenmission muss meine sein, und dann werde ich mich absetzen. Das ist alles, was noch zählt.

Ich werde fliehen, und ich werde dich wiederfinden, Leo.

7

Favilla. Große Halle.

»Ich brauche einen Freiwilligen.« Mirlinda steht in der Mitte des Schülerkreises. Sie hat die blonden Haare zu einem Zopf gebunden, das Leinenhemd an den Ärmeln hochgekrempelt, und sie ist barfuß. So tritt sie immer auf für den waffenlosen Kampf.

Sie geht auf und ab. Wenn Freiwillige gesucht werden, ist es besonders still, so als würden die Schüler die Luft anhalten, bis ein Erster die Stimme erhebt. Oft dauert es, bis sich einer überwindet, manchmal geht es auch ganz schnell.

»Ich mache es.«

Ich kann die Stimme zuordnen, es ist Aron, der sich jetzt zwischen zwei Schülern hindurchdrängelt und in den Kreis tritt.

»In Ordnung, Aron. Such dir einen Gegner«, sagt Mirlinda und macht eine ausschweifende Bewegung mit der Hand.

Wie ich das hasse! Freiwillige vortreten, Gegner suchen, es sind immer dieselben Muster hier in Favilla, und ich verstehe nicht, wozu das gut sein soll. Was wollen sie mit diesem System bezwecken, außer die Schüler und deren Rivalitäten untereinander anzustacheln?

Mir tun diejenigen leid, die dann unfreiwillig in die Mitte treten müssen, um sich fertigmachen zu lassen, und das vor den Augen sechzig anderer. Unfreiwillig zu kämpfen ist eine Sache, dabei Zuschauer zu haben noch eine ganz andere.

Meist versuchen die Schwächeren, die Schläge nur zu parieren, sie wissen von Anfang an, dass sie verlieren werden, und diese Angst lähmt sie erst recht.

Alle sind ersetzbar. Dieser Wettkampf in den Katakomben wird nie aufhören, nicht, wenn immer wieder neue Schüler dazukommen, nicht, wenn andere verschwinden.

»Ich wähle Estelle.«

In mir zieht sich alles zusammen. Es ist mein Name, der in den hohen Wänden widerhallt, und ich brauche einen Moment, um zu reagieren.

Wieso um alles in der Welt nimmt er *mich*?

Seine Wahl muss bereits festgestanden haben, denn mein Name ging ihm ohne Zögern über die Lippen. Ich mache einen Schritt nach vorn, und dann sieht er mich an.

Obwohl keine Regung in seinem Gesicht zu lesen ist und er mich unverändert anschaut, ist es, als sei da ein unsichtbares Grinsen.

Ich mache noch einen Schritt nach vorn, und gleichzeitig wird der Schülerkreis um uns herum weiter. Der Boden in der Großen Halle scheint mir so glatt, dass ich jeden Moment wegrutschen könnte.

Der Nahkampf liegt mir mehr als der Kampf mit den schweren Waffen, dennoch: Aron ist ein starker Gegner. Das weiß jeder hier im Raum, und alle wissen auch, zu welchen Tricks er fähig ist, wenn es sein muss.

Auch wenn seine Fäuste nicht bedrohlich aussehen und seine Arme nicht sonderlich muskulös sind – mir ist bewusst, wie er mit seinem Körper umgehen kann, dass er blitzschnell zuschlägt und die Techniken beherrscht.

»Denkt daran, was wir auch letzte Stunde geübt haben«, sagt Mirlinda. »Niemals die Augen schließen, wenn ein Schlag auf euch zukommt. Ihr müsst zu jeder Sekunde reagieren können.«

Ich nicke abwesend.

Aron zieht bereits eilig seine Schuhe aus, als könne er es nicht erwarten, endlich loszulegen. Nun zerre auch ich ungeschickt an den Schnüren meiner Lederschuhe herum. Was habe ich getan, dass er mich ausgewählt hat? Warum ich?

»Alles ist erlaubt«, sagt Mirlinda mit lauter Stimme. »Der Kampf beginnt *jetzt.*« Sie klatscht einmal in die Hände und tritt dann auf das Podest am Kopf der Halle. Von dort aus kann sie uns am besten beobachten.

Aber ich bin noch nicht so weit. Ich versuche zu verstehen, warum jetzt zwischen Aron und mir nur noch etwa drei Schritte liegen, wir nun immer in Bewegung bleiben, von Fußballen auf Fußballen tänzeln.

Er hat den Oberkörper leicht seitlich zu mir positioniert, seine Fäuste hält er dicht vor seinen Augen.

Wir lauern. Aron macht Schritte zur Seite, ich folge ihnen, um ihm immer direkt gegenüberzustehen.

Die Blicke der anderen heften sich fest an uns, verfolgen jede unserer Bewegungen und machen dieses ganze Szenario noch schlimmer. Diesmal darf ich mir keine Blöße geben, nicht wieder wie im Bogenschießunterricht versagen. Diesmal muss ich Jonathan beweisen, weshalb ich in den Zirkel berufen wurde.

Ich muss konzentriert bleiben, ich rufe mir nochmal alles in den Kopf, was ich über den waffenlosen Nahkampf gelernt habe.

Die Schwachstelle in der Deckung.

Ich will diesen Kampf so schnell wie möglich beenden, und dafür muss ich seine Deckung brechen.

Das Tänzeln geht schon viel zu lang, ich kann spüren, wie die anderen Schüler hinter mir unruhig werden, ich kann hören, wie sie flüstern und sich die Stimmen mit dem Knistern der Flammen in den Feuerkörben vermischen. Viel zu laut, ich darf mich nicht ablenken lassen. Ich beginne zu schwitzen, obwohl noch keiner einen Schlag gemacht hat.

»Komm schon, schönes Mädchen, oder hast du etwa Angst?« Arons Lippen biegen sich langsam zu einem Lächeln.

Ich mache einen ersten Schritt nach vorn, mit der Führungshand deute ich einen Schlag auf seinen Kopf an, hole dann jedoch mit der Rückhand aus und verpasse ihm einen Hieb gegen die Schläfe.

Er weicht schnell zurück, sodass ich ihn nur streife.

»Da geht aber noch mehr«, sagt er, und sofort kommt sein Fuß auf mich zu. Ich kann ihn mit den Ellenbogen blocken. Ein dumpfer Schmerz.

Wir entfernen uns wieder ein Stück voneinander, tänzeln nach rechts und wieder nach links. Arons Blick folgt konzentriert meinen Bewegungen, sein Gesicht hat bereits eine leicht rötliche Farbe angenommen. Immer wieder zucken unsere Arme zum Angriff, um dann doch nur bei Andeutungen zu bleiben.

Aron setzt erneut zum Schlag mit der rechten Faust an. Ich lasse meinen Fuß auf seine Rippen zuschießen, doch er reagiert blitzschnell und schafft es, mein Bein mit seinen Händen zu umgreifen. Ich gerate aus dem Gleichgewicht. Mit der anderen Hand greift er meine Schulter und stößt mir sein Knie in den Bauch.

Ich keuche auf, krümme mich zusammen. Und ehe ich verstehen kann, was geschieht, schlingen sich Arme um meinen Hals. Er hat mich im Würgegriff!

»Was machst du jetzt?« Er presst die Arme fester zusammen. Der Druck gegen den Kehlkopf schnürt mir die Luft ab. Ich ziehe und ziehe an seinem Arm.

Das Blut staut sich in meinem Kopf, gleich wird alles schwarz. Die Marmorfliesen flimmern unter meinen Augen, die raunenden Stimmen der Schüler sind nur noch gedämpfte Geräusche im Hintergrund. Gleich werden sie uns auseinanderziehen, gleich ist alles zu Ende, ich warte auf das Schwarz.

Und dann erinnere ich mich an das, was Mirlinda mir einmal im Zirkel gezeigt hat. Sofort greife ich mit einem Arm hinter ihn, bis ich Arons Haare zu fassen kriege. Ich kralle meine Hand hinein und reiße seinen Kopf nach unten. Er löst sich von mir, schreit und geht ein, zwei Schritte nach hinten.

Ich reibe mir den Hals und hole tief Luft, spüre immer noch die Druckstelle.

Aron hält sich den Hinterkopf.

Für ein paar Augenblicke starren wir uns einfach nur an. Wir keuchen beide laut.

»Nicht schlecht, wo hast du das denn gelernt?«, sagt er, und er klingt dabei komisch.

Dort, wo du nie hinkommst, Aron. Ich bin ein Mitglied des Zirkels.

»Du hast mich wohl unterschätzt«, sage ich außer Atem. »Auch Mädchen von hohem Blut können sich prügeln.«

Jetzt kehrt das Grinsen zurück in sein Gesicht, als sei das für ihn bloß ein Schaukampf, als würde er sich prächtig amüsieren, und das alles hier nur zum Spaß machen.

Und plötzlich rennt er auf mich zu. Ich schlinge meine Arme um seine Körpermitte, nehme seinen Schwung auf, werfe ihn zu Boden.

Mit einem dumpfen Schlag landet er auf dem Rücken.

Jetzt hab ich ihn!

Kurz flimmert sein rotes Gesicht unter mir auf, blitzen seine aufgerissenen Augen in meine. Gleich wird ihm das Grinsen vergehen.

Ich will ausholen, aber da spüre ich, wie sich seine Beine an meinem Rücken verhaken, wie er mich auf einmal gefangen hält, obwohl ich ihn doch zu Boden geworfen habe. Er fängt meine Faust mit der linken Hand ab, umgreift mein Handgelenk, und mit einem geschickten Griff dreht er mir den Arm auf den Rücken.

Ich schreie auf. Ich schreie und schreie, der Schmerz ist kaum auszuhalten, als würden meine Knochen jeden Moment bersten. Ich will, dass es sofort aufhört!

Dreht er meinen Arm nur ein kleines Stück weiter, werden meine Knochen brechen. Aber ich kann nicht aufgeben, nicht jetzt.

Irgendwie schaffe ich es, mich mit ihm zur Seite zu rollen. Mein Arm ist wieder frei. Ich werfe mich herum. Wir ringen. Jetzt habe ich ihn wieder unter mir.

Er hebt die Ellenbogen über den Kopf. Sein Brustkorb hebt und senkt sich schnell.

Ich entdecke eine Lücke in seiner Deckung, sein linker Arm zeigt zu weit nach außen.

Ich verpasse ihm einen Kinnhaken.

Arons Kopf kippt kraftlos zur Seite.

Benommen blicke ich auf ihn hinab, meine Faust pocht, meine Fingerknöchel brennen. Ich bin erschrocken über mich selbst.

Hastig lasse ich von ihm ab, löse mich und komme wieder auf die Beine, als könnte er jeden Moment erneut nach mir schnappen, aber er bleibt am Boden liegen.

Ich reibe mir das Handgelenk, das immer noch von seinem festen Griff schmerzt, ich verstehe nicht, wie ich mich daraus befreien konnte.

Jetzt erst nehme ich die anderen Schüler wieder wahr, ihre undefinierbaren Blicke, und langsam wird mir klar, dass ich soeben den Kampf gegen Aron gewonnen habe.

Aron stützt sich auf den Händen hoch und spuckt einmal zur Seite aus. »Guter Haken für so ein hübsches Mädchen!« Er wischt sich über den Mund.

»Einzelheiten und Fehltritte besprechen wir nach einem zweiten Duell.« Mirlinda tritt wieder auf die Kampffläche zu.

»Die Nächsten«, sagt sie, obwohl Aron immer noch am Boden sitzt, schwer atmet, es noch nicht geschafft hat, sich ganz aufzurichten.

Ich starre sie an. Ich erwarte schon gar nicht mehr, dass sich Sorgenfalten auf ihrer Stirn abzeichnen, aber irgendetwas sollte sie zumindest sagen.

Mirlinda bemerkt meinen Blick. »Hilf ihm hoch«, sagt sie. »Ich schicke ihn gegen Ende der Einheit zu Jon.«

Also strecke ich Aron meine Hand entgegen. Beim Hochziehen spüre ich einen stechenden Schmerz in den Rippen.

Entgegen meiner Erwartung sagt Aron kein Wort. Er nickt lediglich, ich nicke reflexartig zurück. Wir verschmelzen wieder mit dem Schülerkreis, jeder nimmt seinen alten Platz ein.

Als wäre nie etwas geschehen.

»Du warst gut vorhin.« Sam setzt sich neben mich.

Es ist lange her, dass ich nicht allein im Gemeinschaftsraum gesessen habe. Ich habe Sam gern um mich. Irgendwie ist es inzwischen, als ob wir uns schon länger kennen würden.

»Danke«, sage ich und lächle ihr zu.

Kurz schweigen wir und beobachten die Schüler. Vielleicht ist diese Situation auch neu für Sam. Auch sie bleibt sonst meist etwas im Hintergrund und redet kaum. Ich glaube nicht, dass sie hier viele Freunde hat. Also weiß auch sie vielleicht gerade nicht, was sie sagen soll. Wir haben noch nie außerhalb der Schlafzelle oder der Unterrichtseinheiten Zeit miteinander verbracht, und ich will diesen Moment nicht kaputt machen, also erzähle ich ihr einfach, was mir durch den Kopf geht.

»Irgendetwas war seltsam an dem Kampf.« Ich streiche mir über die geschwollenen Knöchel. »Ist dir das auch aufgefallen?«

Sie zuckt einmal mit den Schultern. »Nicht direkt, wieso?«

»Als er mich am Boden hatte, da dachte ich, er würde jeden Moment meinen Kopf auf den Marmor schmettern, aber ich konnte mich einfach so befreien, als hätte er lockergelassen. Und am Ende war seine Deckung unsauber. Ein Fehler, der einem Kämpfer wie ihm eigentlich nicht passieren würde.«

»Mmhhhh.« Sie presst die Lippen aufeinander, ihre Augen wandern durch den Raum, ich merke, wie sie bei Lucas haltmachen, der dort mit Phil seinen zweihändigen Schwertkampf übt. Dann sieht sie wieder aufmerksam zu mir. »Aber warum sollte er so etwas tun?«

»Ich weiß es nicht, jedenfalls nicht ohne guten Grund.«

»Nein«, sagt Sam, aber sie hat schon wieder Lucas im Blick. Und da muss ich lachen.

»Was ist denn los?«, fragt sie mich.

»Du kannst anscheinend die Augen gar nicht mehr von ihm lassen.«

»Schwachsinn! Ich finde nur, seine Beinarbeit ist schlecht.«

»Ich denke nicht, dass es daran liegt«, sage ich amüsiert.

Sie boxt mir einmal leicht in die Seite. »Schon vergessen? Wir hassen Lucas.«

»Geh doch mal zu ihm«, sage ich.

»Niemals.« Sie deutet schnell auf meine Faust. »Du solltest die kühlen.«

»Nicht vom Thema ablenken.«

Sam zieht die Knie näher an sich und schlingt die Arme um

sie, starrt jetzt irgendwohin in den Raum. Vom Würfelspiel hört man Melvins triumphierendes Lachen. Wir blicken hinüber zu dem kleinen Schülerkreis, der sich um die Spieler gebildet hat. Valerie steht vom Boden auf und stellt sich in den Kreis, sie hat all ihre Spielsteine verloren. Marcus streicht ihr flüchtig über die Wange.

»Warum hast du dich damals in Leo verliebt?«, fragt mich Sam, und ich bin etwas überrascht.

Ich drehe den Kopf wieder zu ihr, auch sie hat das Pärchen im Blick.

»Wahrscheinlich einfach nur, weil er so ist, wie er ist.«

»Aber wie ist er denn so?« Sie sieht mich verständnislos an, und ich suche nach etwas, suche den Raum ab, starre auf den Brunnenschacht und will die richtigen Worte finden.

»Gezielt. Konzentriert. Aufmerksam.« Ich rufe mir all die Dinge in den Kopf, die Art, wie er über etwas gesprochen hat, die Sätze, die er gesagt hat.

»Leo wusste immer genau, was er wollte. Das hat mich fasziniert.« Kurz flimmert das Bild vor meinen Augen auf, wie er mich angesehen hat, als ich ihm zum ersten Mal begegnet bin, wie das Braun in seinen Augen gefunkelt hat, die Kraft, die Überzeugung, das ganze Leben darin. Es war so wundervoll, davon angesteckt zu werden.

»Schon nach der ersten Begegnung wusste er, dass er mich haben will, und nichts konnte ihn davon abhalten. Das hat er mir genau so ins Gesicht gesagt.« Ich muss schmunzeln. »Und was er wollte, das hat er sich genommen.«

Ich stehe auf, das Pochen in meiner Faust ist stärker geworden, und auch der Druck in meinem Kopf hat auf einmal wieder zugenommen.

»Ich sollte sie wirklich kühlen«, sage ich laut.

Sam nickt. »Am besten in das kalte Wasser des Trogs halten.«

»Ja, das mache ich.« Ich grinse. »Wenn mir meine Hand schon so wehtut, wie muss sich dann erst Arons Kopf anfühlen.«

Sam wirkt plötzlich ernst, sie hält mich am Stoff meiner Hose fest. »Ich mag Menschen wie Aron nicht«, sagt sie mit leiser Stimme. »Ich verstehe nicht, warum er dich ausgewählt hat. Vielleicht meinen manche, er sei ruhiger geworden. Aber so schätze ich ihn nicht ein.«

»Wie schätzt du ihn dann ein?«

»Keine Ahnung, schwierig zu sagen.«

Wir schweigen kurz, dann zünde ich meine Öllampe an einer der Fackeln an und wende mich zum Gehen.

»Ich komme gleich nach«, sagt Sam.

Und in dem Moment weiß ich, dass das Schweigen zwischen uns nie wieder unangenehm sein wird, sondern vertraut. Ich schätze, das ist bei Freundinnen so.

8

Favilla. Gänge.

Es ist heute Morgen kälter als sonst. Ein Luftzug lässt die Fackeln erzittern. Plötzlich ein Schatten hinter einem Felsvorsprung. Aron versperrt mir den Weg. Ausgerechnet Aron.

Sein weißes Gesicht schaut mich aus der Dunkelheit an. Sein Blick gefällt mir nicht.

»Musst du mich so erschrecken?« Ich lege die Hand an meine Brust.

»Entschuldige«, sagt er, aber sein Blick wird nicht freundlicher. »Hast du einen Augenblick Zeit?«

»Ich muss weiter, ich bin spät dran.« Ich schabe nervös mit den Füßen auf dem Boden, bleibe jedoch trotzdem stehen.

Er öffnet den Mund, aber ich komme ihm zuvor. »Wieso hast du mich gestern ausgewählt, Aron?«

Wieder sieht er mich mit diesem für ihn typischen Grinsen an. »Muss es denn einen Grund dafür geben?«, fragt er, und mit einem Mal wird es mir noch unangenehmer, mit ihm in diesen Gängen zu stehen, den blauen Fleck an seinem Kinn kann ich jetzt von Nahem sehen.

»Vergiss es«, sage ich und laufe an ihm vorbei. Als ob er mir eine ehrliche Antwort geben würde!

»Estelle.«

Zögernd bleibe ich stehen, drehe mich um. Seine kalten blauen Augen bohren sich in meine. »Du fühlst dich nicht wohl hier, habe ich recht?«, sagt er.

Ich sehe hinter mich, prüfe, ob noch jemand in den Gängen ist. »Wieso fragst du mich das?«

»Du hast nicht so viele Freunde, oder?«

»Was?« Ich starre ihn verwirrt an. »Weißt du was, lass mich einfach in Ruhe«, zische ich, lasse ihn stehen und flüchte.

Aron macht mir Angst. Sein seltsames Verhalten mir gegenüber macht mir Angst.

Der Gedankenunterricht ist seit einigen Tagen wieder ständig in meinem Kopf. Die Angst davor, dass es wieder passiert, dass wieder etwas in meinen Geist eindringen wird, hat sich dort eingenistet. Ein Ungeheuer, das dasitzt, die Zähne fletscht und nur darauf wartet, anzugreifen.

Nicht schwach werden. Bleib stark!

In der Großen Halle gehe ich in die Hocke, etwas am Rand, dicht an einem der Pfeiler. Die meisten Schüler sind schon da. Ich warte, bis meine Atmung flacher geht, bis mir von dem Kräuterduft ganz von selbst so seltsam schwummrig wird. Halte die Augen von Anfang an geschlossen, sodass ich Roland gar nicht erst ansehen muss.

Als er zu reden beginnt, höre ich nicht hin. Ich muss nur warten, bis die Zeit vorüber ist.

Und doch darf ich mich nicht der Stille ergeben, die mich ergreifen will. Ich muss auf alles gefasst sein. Aber mit jeder Stille wird das Pochen in meinem Kopf lauter.

Nichts denken. Einfach nichts denken.

Bilder tauchen blitzartig vor meinen Lidern auf.

Dichter Wald. Ein Mann. Schnelle, gehetzte Schritte, die über den lehmigen Waldboden rasen. Stimmen in seinem Rücken. Schritte, die ihm folgen.

Ich reiße die Augen auf. Der Schreck sitzt fest in mir drin, dennoch muss ich sie wieder schließen, bevor Roland auf mich aufmerksam wird. Ich habe diesen Mann schon einmal gesehen. Es ist der Fremde von der Klippe!

Ich beiße die Zähne zusammen. Mein Kopf dröhnt. Ich wehre mich gegen die Bilder. *Nichts denken, nichts denken, nichts denken.*

Ich fühle mich ausgeliefert. Als hätte man mir Fesseln angelegt und ich müsste hilflos zusehen, wie mein Mörder auf mich zukommt. Und sosehr ich versuche, die Hände aus den Fesseln zu zwingen, so aussichtslos ist das.

Die Zeit verstreicht unendlich langsam, und mit ihr kommen und gehen die Bilder, drängen sich auf. Ich spüre die Bedrohung. Gefahr.

Irgendetwas jagt den Fremden. Er rennt. Zweige schlagen in sein Gesicht. Ein schneller Blick über die Schulter …

Zwei Männer, die die Hände an den Schwertgriffen liegen haben. Die ihn feindselig anstarren.

Kampfbereit stehen sie vor dem Fremden, der jetzt ebenfalls stehen bleibt und sein Schwert erhebt.

Als mich etwas an der Schulter berührt, schreie ich auf. Hinter mir steht Roland.

Die Bilder waren so real, dass ich nicht einmal bemerkt habe, dass die meisten Schüler bereits aufgestanden sind und die Feuer in den Eisenbehältern schon wieder höher brennen. Der Unterricht ist zu Ende.

Ich erhebe mich. Meine Beine sind weich, ich drehe mich zu Roland. Seine schmalen Lippen sind zu einer dünnen Linie zusammengepresst. Ich schiele zum Ausgang. Ich will so tun, als gäbe es keinen Anlass, weshalb er etwas mit mir zu bereden hat.

»Einen Moment noch.«

Ich trete einen Schritt zurück, mich erfasst eine Welle von Schwindel. Ich taumle einen Schritt zur Seite.

Ich blinzle, bis sein Gesicht wieder scharf vor meinen Augen wird, und strenge mich an, seinem prüfenden Blick nicht auszuweichen.

»Könntest du Jonathan ausrichten, dass die Besprechung vorgezogen wurde?«

»In Ordnung«, sage ich, ein bisschen zu atemlos, er nickt einmal, und dann laufe ich schneller als beabsichtigt an ihm vorbei.

Ich klopfe an die Tür der Krankenstation. Niemand antwortet mir, auch nicht, als ich ein zweites Mal klopfe. Vorsichtig schiebe ich die Tür einfach auf.

Jonathan sitzt am anderen Ende des Raums an dem massiven Tisch aus glattem, dunklem Holz. Er hat den Kopf über ein Buch gesenkt, neben ihm stehen mehrere dicke Kerzen. Im Schein der Flammen kann ich erkennen, dass seine Haare zur Stirnseite dünner werden.

»Komm rein, Estelle«, sagt er, ohne dabei von seinem Buch aufzusehen. Ich mache einen vorsichtigen Schritt auf ihn zu. Jetzt richtet er sich auf und deutet mit der Hand auf den gegenüberliegenden Stuhl.

Ich setze mich. »Roland schickt mich«, sage ich und muss mich räuspern, die Worte klingen kratzig.

Er blättert wieder in seinem Buch. »Und was wollte er?« Jetzt hebt er den Blick und sieht mich mit seinen durchdringenden Augen forschend an. Ich verkrampfe.

»Die Besprechung wird vorgezogen.«

Er nickt. Irgendwie zu langsam für ein Nicken, dann legt er den Zeigefinger auf eine der Buchseiten. »Vor zwei Jahren hatten wir ein Mädchen hier in Favilla. Sie ist verrückt geworden, wusstest du das?«

Ich schüttle den Kopf. Jonathan legt seine Hände rechts und links auf die Tischplatte, er lehnt sich im Stuhl zurück. »Erst war es nur ihr gehetzter Blick, sie hat sich ständig umgesehen. Stimmen gehört«, erzählt er. »Die niedrigen Decken, die Dunkelheit in den Gängen. Sie hat das nicht ausgehalten. Das alles hat auf ihren Kopf gedrückt.« Er macht eine Pause. »Irgendwann hat sie Gerippe gesehen, die ihr gefolgt sind.«

Ich bin von seinem Blick gefangen, dennoch ist es, als wäre ich gar nicht da, als würde er mir in die Augen schauen und dabei einen Punkt fixieren, der noch in seinen Gedanken ist. »Sie hat sich umgebracht. Die Kehle durchgeschnitten.«

Er blinzelt. Seine Hände lösen sich von der Tischplatte. Sie haben einen Schweißabdruck auf dem polierten Holz hinterlassen.

»Estelle?«

Ich fühle mich immer sofort unbehaglich, wenn er meinen Namen ausspricht. Wie erstarrt sehe ich auf den Tisch und warte darauf, dass sich die schweißigen Stellen langsam auflösen.

»Danke für die Nachricht.« Er schlägt das Buch zu, ich zucke zusammen.

Ich sollte damit aufhören, ich darf nicht mehr so schreckhaft sein, darf mich nicht von jeder Kleinigkeit aus der Fassung bringen lassen. Vor ein paar Wochen war das doch auch noch nicht so.

»Ist sonst alles in Ordnung?«

»Alles bestens.« Ich will schon aufstehen.

»Und noch etwas.«

»Ja?« Ich halte erneut inne.

»Es freut mich, dass du und Sam euch versteht.«

»Ja.« Ich atme langsam aus. »Mich auch.«

Ein letzter Blick in sein mausartiges Gesicht, dann befreie ich mich aus dem Stuhl. Raus hier, schnell raus.

Am Abend möchte ich nur noch in mein Bett fallen. Die Steintür kreischt wie immer über den Boden, als ich sie aufdrücke. Sam ist schon in der Zelle. Sie verstaut hastig etwas in ihrem Beutel, schiebt ihn bis ans Kopfende des Betts.

»Auch keine Lust auf *Könige und Narren*?«

»Nein.«

Ich lege mich auf mein Fell.

»Ich kann den Gemeinschaftsraum auch nicht leiden«, sagt sie und sucht sich eine bequeme Sitzposition.

Ich muss daran denken, wie unruhig Alexis war. Wie oft sie sich herumgewälzt hat, ab und zu hat sie sogar im Schlaf gesprochen. Sam ist bei Nacht still. So still, dass ich mich manchmal frage, ob sie überhaupt noch atmet.

»Warst du Leo versprochen?«

Ich bin kurz überrascht von der Frage. Es ist seltsam, wenn jemand über ihn redet, wenn jemand seinen Namen ausspricht.

»Nein, ich hätte mich nie mit ihm treffen dürfen.«

»Oh«, sagt Sam. »Du standest zur Auswahl?«

»Einmal«, sage ich. »Es war schrecklich.« Und jetzt kralle ich meine Hände in das Fell. »Die Vorstellung, dass mich dieses Etwas wirklich aussuchen könnte, die Vorstellung, dass ich diesem Monstrum ein Kind gebären müsste – es war so ekelhaft.« Ich stocke für einen Moment. »Ich konnte seinen Atem riechen, als er vor mir stand. Er roch nach totem Fleisch.«

»Wenn du nicht willst, dann musst du nicht zu Ende erzählen«, sagt Sam.

»Schon gut«, ich sehe einmal kurz zu ihr hinüber. Es ist sogar befreiend, endlich einmal jemandem davon zu erzählen. Am Hof der Schwarzgewändler wäre so etwas undenkbar gewesen.

»Ich stand auf diesem Podest, und sie saßen unten in den ersten Reihen. Seine Kinder, sie mussten all das mit ansehen, die ganze Prozedur. In Sänften haben sie uns Mädchen an den Türen abgeholt und auf den Marktplatz getragen. Die Familien von hohem Blut trugen ihre Fahnen vor der Sänfte her. Einzeln musste sich jedes Familienoberhaupt verbeugen, dem König die Ehre erweisen. Aber das Schlimmste war er selbst. Der Geruch, Sam. Ich weiß nicht, welcher Fluch auf dieser Krone liegt.« Ich halte kurz inne. Sam erwidert nichts darauf, also rede ich einfach weiter.

»Ich war so unendlich froh, als ich wieder von diesem Podest steigen durfte. Und dort unten stand dann Leo. Ich habe ihn zum ersten Mal auf dem Marktplatz bei der Haremszeremonie gesehen. Noch vor der nächsten Zeremonie haben ihn die verhüllten Männer geholt.« Ich schlucke. »In Favilla habe ich in den ersten Tagen überall nach ihm gesucht, bis ich im Zirkel erfahren habe, dass ihn die wirklichen verhüllten Männer längst als Sklaven in ein fremdes Land verkauft haben.«

»Das tut mir leid.«

»Als er geholt wurde, habe ich Ausschau nach den Zeichnern gehalten«, spreche ich weiter. »Jede Nacht, bis ich die verdunkelten Fenster entdeckt hatte. Ich habe mich freiwillig vor eine Tür gesetzt. Ich wollte, dass die verhüllten Männer mich holen, ich hatte gehofft, sie würden mich zu Leo bringen, ich hatte gehofft, ich könnte ihn wiedersehen.«

Auf der anderen Seite des Zimmers ist es still. Ich sehe zu ihr hinüber. Sie lehnt mit dem Rücken an der Wand, die Beine liegen ausgestreckt auf dem Bett. Ihr Gesicht ist wie eingefroren. »Das war wirklich mutig.«

Wir schweigen für einen Moment. Ich beginne zu frösteln, ich will mich zudecken, aber das Fell ist vom Bett gerutscht, und ich mag mich nicht rühren. »Hast du schon mal einen Jungen geliebt?«, frage ich sie.

Sam schüttelt den Kopf. »Das Leben als Braungewändlerin war nicht wirklich spannend.«

»Welcher Arbeitsgruppierung hast du angehört?«

Sie setzt sich in den Schneidersitz und beginnt sich durch die langen, blonden Haare zu fahren, während sie redet. »Ich habe in einem der nördlichsten Fischerdörfer gewohnt. Morgens hat man die Netze gestrickt, mittags die Fische gefangen und abends den Fang verarbeitet. Das Pensum war hart, und manchmal waren eben kaum Fische im Wasser.« Ihre Finger bleiben kurz still. »Mehr gab's da eigentlich nicht.«

Ich schaue ihr eine Weile zu, wie geschickt sie sich den Zopf flicht, bis die untersten Strähnen zu klein werden, und wieder habe ich für einen Augenblick das Gefühl, als würde sie mich an irgendjemanden erinnern.

»Hast du Geschwister?«, frage ich sie.

»Ja. Mehrere.«

»Und habt ihr euch gut verstanden?«

»Ja, eigentlich schon. Sie hatten natürlich auch ihre Macken.« Sie lächelt. »Mein ältester Bruder hatte ständig Angst, dass die Öllampen zerspringen könnten, wenn sie zu lange brennen. Bei Nacht hat er immer alle ausgepustet. Er dachte, das Glas könnte sich zu sehr erhitzen.« Sie muss wieder lächeln. »Wie oft musste ich die Lampen wieder anzünden!«

»Es gibt Glas bei den Braungewändlern? Ich dachte, das würde es nur bei den Schwarzgewändlern geben.«

»Nein.« Sie streicht sich über den geflochtenen Zopf. »Das war nur eine Lampe. Ein Kutscher hatte sie uns geschenkt.«

»Ach so.« Ich massiere mir die Schläfen.

»Hast du immer noch so seltsame Kopfschmerzen?«, fragt Sam.

»Sie verschwinden nicht.« Ich drücke weiterhin gegen die schmerzenden Stellen, gegen Abend werden sie schlimmer. Das Gefühl in meinem Kopf ist nicht normal, dieses fremde Etwas, das sich dort wie eisiger Nebel festgesetzt hat. Das sollte da nicht sein.

»Ich glaube, mit mir stimmt etwas nicht«, sage ich.

Und zum ersten Mal erwidert Sam nichts darauf. Sie schweigt bloß und schaut mich besorgt an. Mit mir stimmt etwas nicht. Und was es auch ist, ich weiß nicht, wie ich es aufhalten kann.

9

Favilla. Unterrichtsraum Fünf.

»Die Harpyienfäule. Eine grässliche Krankheit. Ich habe es mit eigenen Augen gesehen.« Jedes Mal, wenn ich auf Garreds spärliche weiße Haare sehe, auf das runzelige Gesicht, und er dann das Wort ergreift, erwarte ich, dass seine Stimme zittrig klingt, aber das tut sie keinesfalls. Man hört noch die Kraft und die Strenge darin. Wenn ich ihm im Dunkeln zuhören würde, würde ich ihn nicht älter als vierzig Jahresumläufe schätzen.

»Schwarze Haut, auswuchernde, faulende Geschwüre. Ein Gestank, kaum auszuhalten.« Er hat die Krankheit im Krieg gesehen, das weiß ich. Er hatte als Söldner in einem der anderen Königreiche angeheuert, um Informationen für Favilla zu beschaffen. Aber natürlich werden diese Hintergründe den Nichtzirkelschülern vorenthalten.

Garred sitzt hinter dem Steinblock, der ihm als Pult dient. Seine Hände sind dahinter versteckt. Er verwendet sie nicht beim Sprechen. Sie liegen dort die ganze Zeit, ohne dass wir sie zu sehen bekommen.

»Steckt man sich an, muss das betroffene Glied amputiert

werden, und wenn man Glück hat, breitet sich das Geschwür nicht weiter aus. Wenn man Pech hat, ist die Harpyienfäule allerdings längst im Blut und hat bald den ganzen Körper erfasst. Sitzt das Geschwür am Kopf, am Rumpf oder am Hals, hat man von vornherein keine Chance.«

Ob Garred seine Hände hinter dem Pult zu Fäusten ballt, weil es ihn aufwühlt, was er zu erzählen hat? Ob sie nur still auf seinen Schenkeln liegen, weil er längst von alldem abgestumpft ist? Oder ob er die Daumen kreisen lässt, weil es ihn amüsiert, uns mit diesen schrecklichen Details zu schockieren?

»Plötzlich fault der Körper an einer ganz anderen Stelle weiter. Es wurde nie herausgefunden, von welchen Faktoren das abhängig ist. Ein Aderlass kann die Krankheit zwar verzögern, aber wenn sie erst einmal im Blut ist, hat man so gut wie verloren. Und am Ende, wenn die Haut überall schwarz geworden ist, dann hat man auch nicht mehr den Wunsch, den Tod noch weiter hinauszuzögern.«

Noel, der neben mir sitzt, scheint all die Einzelheiten nur so aufzusaugen. Er macht sich die ganze Zeit Notizen, und wenn ihm die langen Haare beim Schreiben vor das Gesicht fallen und er es nicht bemerkt, sehe ich auf sein Pergament. Obwohl er die Schriftkunst noch nicht so lange beherrscht wie andere in Favilla, entdecke ich keinen einzigen Fehler oder auch nur einen undeutlichen Buchstaben.

»Aber es gibt Anzeichen. Man kann einen Knoten am Bauch ertasten, links, etwa zwischen Magen und Milz«, sagt Garred.

Unwillkürlich fasse ich mir an den Bauch und taste, ob ich da irgendeinen Knoten fühle. Aber ich spüre nur meine Knochen und weiche Haut, und dann fällt mir auf, dass Noel gerade dasselbe tut.

Wir müssen ein Lachen unterdrücken.

Nach einem kurzen Zögern nimmt er seine Hand vom Bauch und greift wieder nach der Feder.

Langsam, beinahe verlegen lasse auch ich die Hand wieder sinken und lege sie in meinen Schoß.

»Seit einer Weile wurden im Königreich keine Fälle mehr gemeldet, aber wir wissen nicht, ob das bedeutet, dass die Krankheit ausgerottet ist, oder ob sie wiederkommen könnte. Die Harpyienfäule ist noch lange nicht vollständig erforscht.«

Jetzt erwischt mich Noel dabei, wie ich immer noch zu ihm hinschaue, ihn beim Schreiben betrachte, und er erwidert meinen Blick.

»Ich wäre gern jemand, der solche Dinge herausfindet. Ein Wissenschaftler«, flüstert er mir zu.

Kurz halte ich die Luft an, und es ist dasselbe alarmierende Gefühl, wie wenn jemand bei den Nestflechtern geredet hat. Erst als ich einen prüfenden Blick zum Pult werfe, wird mir klar, dass Garred uns eigentlich nicht hören dürfte. Wir sitzen in der letzten Reihe. Dennoch habe ich in Favilla das Gefühl, dass man aufgeschrieben werden kann – und das, obwohl keine Plakette mehr um mein Handgelenk liegt.

Manchmal, wenn ich hinsehe, bin ich immer noch verwundert, dass sie dort nicht mehr ist.

»Oh nein, lieber nicht. Ich glaube, das wärst du nicht gern«, flüstere ich schließlich Noel zu.

»Du hast welche gesehen?«, fragt er mich, und als er bemerkt, dass er etwas lauter gesprochen hat, schaut er besorgt zu Garred, doch der ist weiterhin in seinen Monolog vertieft.

»Nein, aber mein Vater hat welche gesehen und davon erzählt«, sage ich, und Noel legt gebannt seine Feder auf dem Papier ab, um mich anzusehen, mir konzentriert zuzuhören.

»Sie haben keine Zungen. Sie schneiden sie ihnen raus.«

Noel zieht erschrocken den Kopf zurück. »Weshalb? Was sollte der Brennende König davon haben?«

Er hält sein Volk dumm, darum, sage ich in Gedanken zu ihm. *Weil der Brennende König nicht will, dass sie über ihr Wissen reden können, nur schreiben, das ist kontrollierbarer.*

Ich würde Noel gern so viel mehr von dem erzählen, was Jonathan uns im Zirkel gelehrt hat, von dem, was ich über Lavis und die Welt weiß. Aber ich darf es nicht. Ich schaue auf seine gerunzelte Stirn. Er hätte es verdient, die Wahrheit zu erfahren.

»Ich weiß es nicht«, sage ich stattdessen. »Möglicherweise gibt es etwas, das er vor dem Volk geheim halten muss.«

»Ist es wegen der Phönixe? Hat dein Vater mal einen Phönix gesehen?« Noel lässt nicht locker.

»Nein, es gibt nur fünf Phönixpflegerinnen am Hof der Schwarzgewändler, die die Phönixe je gesehen haben. Sie leben unter strengster Bewachung nahe am Königshaus. Sie haben einen Eid geschworen, sie reden nicht über ihre Arbeit.«

Noel kratzt sich am Kopf. »Dann ist das wahrscheinlich auch wieder nur eine von vielen Geschichten.«

Nein, sie existieren wirklich, Noel. Und in der alten Kultur, so hat Jonathan es uns erzählt, da flogen sie über die Dächer von Lavis. Gewaltige, feuerrote Vogelwesen, die ganze Flammen-

wände mit ihrem Schweif erzeugen konnten, die in Freundschaft mit den Menschen gelebt haben. Sie sind wunderschön, wie auf dem Deckengemälde im Zirkelraum.

Ich lege meine Hand auf seine Schulter. »Wenn wir irgendwann hier rauskommen, wenn uns der Brennende König irgendwann sagt, wozu wir hier ausgebildet wurden«, sage ich und hoffe, ich kann ihm damit wenigstens ein bisschen Trost schenken, »vielleicht erhalten wir dann ein paar Antworten.«

Noel schüttelt den Kopf und dreht die Feder in seinen Fingern. »Ich habe es satt, verstehst du? Ich habe genug vom Warten, wo ich doch nicht mal weiß, worauf.« Er sieht von seinen Händen wieder direkt in mein Gesicht, und der verzweifelte Ausdruck in seinen Augen macht mich plötzlich wütend. Wütend auf Jonathan und den ganzen Zirkel.

Favilla will für die Wahrheit kämpfen, aber warum muss es dann jemanden geben wie Noel, der mich jetzt so ansieht? Ich starre auf die angeschwollenen Stellen auf meinen Handknöcheln. Wofür kämpfen wir?

»Ich kann dich verstehen«, sage ich schließlich und sehe dabei wieder nach vorn. Garreds Augenringe sind dunkel und tief, ein Kontrast zu der weißen Haut. Die Jahre als Söldner haben ihn gezeichnet. All die Opfer haben ihn am Ende bloß hierher gebracht, in die Dunkelheit von Favilla.

Komme, was wolle, ich werde nicht warten. Ich werde nicht in diesen Katakomben verrotten.

10

Favilla. Zirkelraum.

»Säbelzahn. Sternflegel. Sichelmond.« Diese fremden Wörter klingen merkwürdig aus Jonathans Mund. Er berichtet von den Waffen in Akila.

Aber ich kann nicht zuhören, ich tue nur eines: Ich starre auf das Buch in seinen Händen.

Ich brauche dieses Buch. Es ist das Tagebuch einer ehemaligen Zirklerin, die nun als Spionin in einem anderen Königreich arbeitet. Schon vor einer Weile habe ich hier im Zirkel erfahren, dass Sklaven von hohem Blut bevorzugt in die Königreiche Noctuán, Parvania oder Akila geschickt werden.

Und so ist dieses Buch, das Jonathan da in seinen kleinen Händen wiegt, ein Stück Hoffnung, und ich kann meinen Blick nicht davon lösen.

Die Tagebücher sind gewöhnlich in der Bibliothek in Ebene Zwei verschlossen. Der Dürre gewährt einem nur Zuritt zu diesem Raum, wenn Jonathan die Erlaubnis dazu gibt.

Jonathan behält immer die Kontrolle über die Informationen, die er an uns weitergibt. Sein Wissen teilt er nur stückweise mit uns. Nie zu viel auf einmal, gerade so viel, wie wir zu bestimmten Zeitpunkten wissen müssen.

Jonathan blättert eine Seite um, und dabei rast mein Puls. Ich reibe mir die schwitzigen Hände an der Leinenhose ab.

Mach schon, Jonathan, denke ich. *Erzähl zu Ende.*

Ich will dieses Buch. Am liebsten würde ich sofort auf ihn losstürmen und das kleine von Leder umzogene Ding aus seinen Händen reißen.

Ich blinzle ein paarmal. Meine Augen brennen, in diesem Raum sind eindeutig zu viele Fackeln.

Als er das Buch zuschlägt, wirbelt Staub von den Seiten.

Er dreht uns den Rücken zu, und ich verfolge jede seiner Bewegungen. Er legt das Tagebuch in einem Fach des Regals ab.

Dann fordert er uns auf, in die Einzelzellen zu gehen.

Die anderen um mich herum setzen sich in Bewegung, ich bleibe noch für einen Moment wie angewurzelt stehen, bis ich den Blick vom Regal lösen kann.

Sam zieht am Ärmel meines Hemds. »Komm«, sagt sie leise.

Ich nicke abwesend, steuere auf die Einzelzelle zu, in der Finnley mit dem Bogen auf mich wartet, aber gedanklich bin ich immer noch im Zirkelraum.

Ich blicke in den schmalen, langen Raum. Mit der gewölbten Decke und der gegenüberliegenden Wand, die sich im Schwarz verliert, wirkt er auf mich fast wie ein nie endender Tunnel. Ich schieße ein paar Pfeile ab, aber alles, was mir durch den Kopf geht, sind die Informationen, die in diesem Tagebuch stecken könnten. Die Spionin lebt bestimmt schon lange genug in Akila, um auch die Standpunkte der Sklaven ausfindig gemacht zu haben. Es könnte eine entscheidende Information darin enthalten sein. Ein wichtiger Hinweis für meine Suche nach Leo.

Ich lasse den Pfeil von der Sehne schnappen. Ich treffe nicht.

»So k-kann das nicht weitergehen.« Finnley ist plötzlich neben mir und nimmt mir den Bogen aus der Hand. »W-willst du mir v-vielleicht endlich sagen, w-was los ist?«

»Ich, ähm –«, stammle ich und sehe in sein Gesicht, ohne es dabei wirklich wahrzunehmen. »Kann ich vielleicht kurz zum Abort?«, frage ich dann.

Er seufzt. »B-beeil dich.«

Lehrende haben das gar nicht gern, das ist mir durchaus bewusst. Bei Roland würde ich mich wahrscheinlich nicht mal zu fragen trauen, aber ich *muss* zurück in den Zirkelraum. Und es ist die einzige Ausrede, die mir auf die Schnelle eingefallen ist. Ich brauche dieses Buch. »Okay.« Ich bemühe mich, nicht aus der Zelle zu rennen, aber sobald die Tür zufällt, beschleunige ich meine Schritte.

Mein Blick huscht durch den leeren Zirkelraum. Alle neun Türen sind verschlossen, auch von Jonathan keine Spur.

Mein ganzer Körper besteht nur aus Anspannung, und gleichzeitig muss ich so schnell sein, wie ich nur kann.

Vor dem Regal bleibe ich stehen, und zitternd nehme ich das Buch aus dem Fach.

Es ist noch da.

Hastig blättere ich einige der Seiten durch. Ich werfe immer wieder Blicke über die Schulter. Mein Herz schlägt so heftig gegen meinen Brustkorb, als tobe ein ganzer Sturm darin, als könne es durch meine Rippen hindurchbrechen.

Jonathan, wo du auch bist, bleib dort. Bitte bleib dort.

Bis zum nächsten Abort sind es einige Gänge. Mir bleibt zwar etwas Zeit, aber nicht viel.

Die Handschrift der Frau ist krakelig, doch immerhin noch so deutlich, dass ich mir den Sinn der Wörter zusammenreimen kann. Ich überfliege die Sätze.

Kyara hat Laufen gelernt … Rituale … Kampfkunst … bleibe unentdeckt … Darf in Vis Daroz Ware bei den Edelmännern abliefern …

Weiter, weiter, ich blättere weiter.

Winter … Räuber haben den Wald durchstreift, einer von ihnen hat mich lange angesehen, als würde er mich erkennen … sonst nichts Auffälliges … Warenbestandsaufnahme: besondere Edelsteine … Körperbemalung … Aloekraut …

Noch stehen da keine Hinweise, nichts, was mir weiterhelfen könnte. Ich werde immer ungeduldiger, Finnley wundert sich bestimmt schon.

Ich nehme das zerfledderte Lederbuch so in die Hand, dass ich die Seiten einmal mit dem Daumen durchblättern kann. Manche Pergamentseiten sind schon rissig, bei einigen ist die Tinte etwas verwischt.

Räuber ... Es ist schwer, fremde Bräuche anzunehmen ... immer die Wahrheit zu sagen, wo doch alles voller Lügen ist ... Felder ... wurden angegriffen ... Mein Mann ist verletzt ...

Dann sticht mir eine Zeichnung ins Auge. Ich blättere schnell wieder ein paar Seiten zu ihr zurück.

Sklavenstützpunkte. Sie hat irgendetwas kartografiert. Grenzen und ein paar Kreuze mit entsprechenden Beschriftungen sind eingezeichnet. Ja! Das ist es!

Plötzlich durchbricht ein Brüllen die Stille. Reflexartig verstecke ich das Buch hinter meinem Rücken, krampfe die Finger in den weichen Einband. Doch da wird mir bewusst, dass es nur die Kampfgeräusche aus den Zellen sind, die bis zu mir dringen. Ich muss mich beeilen. *Bitte, Jonathan, bleib, wo du bist!*

Ich sehe nochmals genau auf die Zeichnung. Ich kann mir das unmöglich alles einprägen. Verdammt.

Die Geräusche hinter den Türen machen mich wahnsinnig. Mein Herzschlag beruhigt sich einfach nicht.

Die Zeit ist sicher längst vorbei, und Finnley wird sich fragen, wo ich bleibe, er geht vielleicht schon verärgert in der Zelle auf und ab. Nicht, dass er plötzlich auf die Idee kommt, nach mir zu suchen.

Wenn sie mich erwischen, bin ich dran. Ich spüre, wie mir der Schweiß den Rücken entlangläuft.

Wieder ein Geräusch ganz nah an der Tür. Schritte?

Jetzt reiße ich einfach schnell das Pergament mit der Zeichnung aus dem Buch. Ich schlage es etwas lauter zu als beabsichtigt und schiebe es hektisch zurück ins Regal. Es liegt etwas schief darin, ich sollte es gerade rücken. Jonathan entgeht nichts. Ihm würde nie etwas entgehen.

Doch die Zeit habe ich nicht mehr. Die Tür auf der gegenüberliegenden Seite schwingt auf.

Ich falte hastig das Pergament zusammen, beuge mich vor und stecke es in meinen Stiefel, es ist fast eine routinierte Bewegung, wie ein Dolch, den ich wieder zurück in die Halterung schiebe. Ich mache ein paar hastige Schritte nach vorn, weg von dem Buch.

Es ist Mirlinda.

»Alles in Ordnung?«, fragt sie. Ihr Gesicht ist vom Training gerötet.

»Alles gut«, sage ich und versuche, dabei nicht außer Atem zu klingen.

»Solltest du nicht im Einzeltraining sein?«, hakt sie nach.

»Ja, bin ich eigentlich auch. Ich musste nur kurz zum Abort.«

Mirlinda schweigt, die Augenblicke dehnen sich endlos.

»Ach so«, sagt sie dann und holt eine der Armschienen aus dem Regal, wirft mir dabei jedoch einen misstrauischen Blick von der Seite zu.

Ich gehe schnell wieder in meine Einzelzelle zurück, bevor sie weitere Fragen stellen kann. Der Sturm tobt noch in meinem Körper.

Finnley stößt sich von der Wand ab, als er mich hereinkommen sieht. Er hat die Strohpuppe noch weiter ans Ende des langen Raums gestellt. Ganz hinten verschmilzt sie beinahe mit der Dunkelheit.

Ich atme aus. Ein Lächeln schiebt sich unwillkürlich auf mein Gesicht. Ich kann es nicht unterdrücken, als ich mir den Köcher wieder umbinde und Finnleys ernste Miene ignoriere. Es ist ein Lächeln wie damals, wenn ich mich aus dem Haus meiner Eltern geschlichen habe. Es ist ein Gefühl, als würde ich sogleich Leo treffen, und alles in mir kribbelt. Ich habe die Karte. Ich habe es geschafft. Ich habe einen Hinweis.

Finnley gibt mir ein Startzeichen und pfeift einmal durch die Zähne.

Der Pfeil landet diesmal direkt im Kopf der Puppe.

Meinem Gefühl nach schläft Sam heute viel später ein als gewöhnlich, doch endlich wird ihr Atem langsamer, er geht jetzt ruhig und gleichmäßig. Das Erste, was ich nun in der Zelle tue, ist, die Pergamentseiten aus meinem Stiefel zu holen.

Ich schiebe den Docht kleiner und entzünde meine Öllampe, sodass ich gerade alles erkennen kann.

Es ist eine Karte von Akila, dem Königsadlerland. Die Form des Landes kommt mir bekannt vor. Ich habe sie schon das eine oder andere Mal auf einer Karte von Tyrganon im Zirkelraum gesehen.

Die vier großen Hauptstädte von Akila sind eingezeichnet: Vis Kanyr, Vis Daroz, Viz Nyvarka und Viz Lon, außerdem sind weite Flächen von Feldern schraffiert. Doch mich interessieren nur die Kreuze. Sie markieren die Standorte der Sklaven.

Insgesamt sind fünf große Kreuze auf der Karte verteilt. Zwei davon liegen in der Hauptstadt *West*. Sie sind bezeichnet mit *Haushalt*.

Zwei Kreuze liegen außerhalb in den kleineren Städten und sind beschriftet mit *Bau*. Hinter dem Fluss und einem kleinen Waldstück steht *Söldner* neben der Markierung.

Sollte Leo tatsächlich an einem der fünf Hauptstützpunkte sein, dann hoffe ich, dass sie ihn nicht als Söldner eingesetzt haben.

Die Menschen in Akila behandeln die Sklaven meist mit Respekt, so hat Jonathan uns das jedenfalls erzählt. Trotzdem könnte ich nicht mit der Vorstellung leben, dass Leo als Söldner um sein Leben fürchten muss. Dass er zu jeder Zeit in einen Krieg gerufen werden kann.

Etwas Tinte hat sich durch das Pergament hindurchgedrückt, und ich stelle schnell fest, dass die Rückseite ebenfalls beschrieben ist. Es ist ein weiterer Tagebucheintrag der Spionin.

307 Jahresumläufe nach der Nacht des Chronisten.
28 Tage bis zur Feuerwende.

Ich habe Kyara heute mit in die Stadt genommen.
Am Verkaufsstand war nichts Ungewöhnliches. Es laufen kaum Diplomaten über den Markt.
Ich würde gern meinen Mann einweihen. Bin mir sicher, er kann weiterhelfen.
Jon hat abgelehnt.

Ihren Mann? Obwohl ich diese Frau nicht kenne, bewegen mich ihre Worte. Musste sie zur Tarnung einen fremden Mann in Akila heiraten?

Ich schlucke.

Hat sie ihr ganzes Leben, ihr Recht auf Liebe für Favilla aufgegeben? Sam wälzt sich einmal herum. Hastig stopfe ich das Pergament unter mein Fell. Aber sie atmet ruhig weiter, und nach einer Weile ziehe ich es wieder hervor und starre lang auf die Worte.

Nie könnte ich mein ganzes Leben hierfür aufgeben.

Ja, ich will, dass der Brennende König für seine Schandtaten bezahlt. Dass er leiden muss für all das, was er den Menschen angetan hat, für die Schicksale, die er zerstört hat.

Jonathan will mit uns für das Wissen kämpfen. Aber ich habe immer das Gefühl, dass er uns etwas vorenthält. Ich fahre mit den Fingerspitzen über die glatte Oberfläche des Pergaments. Dann falte ich es sorgfältig und stecke es in eine Nische in der Wand.

Das Grinsen kehrt noch einmal in mein Gesicht zurück. Fünf Kreuze, fünf neue Orte, fünf neue Anhaltspunkte.

Leo, ich komme dir immer näher.

11

Ein Summen. Rauch steigt auf und verteilt sich unter dem Baldachin aus Ästen, die geboren sind aus mächtigen Baumriesen. Aufgereiht wie Soldaten stehen sie um das verdorrte Stück Waldboden herum und wachen trügerisch. Leise rascheln ihre Blätter, stimmen in das Lied des Fremden mit ein.

Dort vor dem Feuer sitzt er. Mit dem Rücken lehnt er an einem abgebrochenen Baumstumpf, und er summt. Ein tiefes Summen, eine immer gleiche Melodie dringt durch die dunkle Nacht.

Nun legt er das Messer neben sich und schiebt sich den Umhang von den breiten Schultern. Unter seinem Leinengewand zeichnen sich Muskeln ab.

Ein Geräusch im Hintergrund, ich zucke zusammen, als er ruckartig aufsteht und sich umdreht. Seine Finger schließen sich wie von selbst um den Griff des Messers.

Nichts.

Nur das Knistern des Feuers und der Wind, der die Blätter bewegt.

Langsam kehrt er den Bäumen wieder den Rücken zu und lässt sich auf den Boden sinken.

Links von ihm liegt ein totes Tier auf der Erde, dessen schlaffen

Körper er jetzt an den Füßen nach oben zieht. Das fremdartige Wesen hat ein schwarzes Fell, der leblose Kopf baumelt über dem Boden, die gelben Augen sind starr.

Dann rammt der Fremde die Messerspitze in das Tier und schlitzt es auf. Wie verschütteter Wein rinnt das Blut über seine Hände.

Er trennt das Fell von dem Kadaver. Zieht es mit groben Bewegungen ab. Ein feuchtes Reißen, bis da nur noch nacktes, glänzendes Fleisch ist.

Das Blut ist ihm bis zu den Ellenbogen hinabgeflossen und legt sich wie ein zweites Adergeflecht über seine Arme. Im Flackern des Feuers hat sein konzentrierter Blick etwas von einem Raubtier. Er wischt sich die dunkelblonden Strähnen aus dem Gesicht. Seine Nase ist grob, das Kinn kantig.

Da ist etwas. Im Schatten der Bäume. Ich bin mir jetzt ganz sicher.

Es huscht um die Lichtung. Zieht engere Kreise. Ich will ihn warnen, und da ist ein fürchterliches Kreischen in meinen Ohren. Es zieht mich nach oben, die Schwere in mir schwindet. Kurz streift sein Blick meinen, für den Bruchteil eines Augenblicks erhasche ich etwas von dem wilden Ausdruck in seinen Augen, dazu entschlossen, vor nichts zurückzuschrecken. Er fährt herum, zieht das Schwert mit einer kräftigen Bewegung aus der Scheide und steht angriffsbereit vor dem Dickicht des Waldes, vor dessen Finsternis und all dem, was dort lauert. Und dann bewegen sich die Schatten aus dem Wald, und das Kreischen in meinen Ohren wird lauter, immer lauter.

Finger drücken in meine Arme wie Messerspitzen und schütteln mich. Schütteln mich heftig, bis ich zu mir komme.

Sams große, grüne Augen sind vor Schreck geweitet. »Estelle? Sag doch was!« Sie legt eine Hand auf meine Stirn und zieht sie dann schnell wieder zurück, als hätte sie sich daran verbrannt. »Du glühst!«, sagt sie. »Du brauchst Hilfe!«

»Nein.« Jetzt schüttele ich wie wild den Kopf und richte mich auf. In meinen Ohren immer noch das Kreischen, mein Puls rast, alles in mir schreit.

»Hast du wieder den Mann gesehen?«, fragt sie mich.

Ich nicke, wieder sticht mir dabei dieser Schmerz durch den Kopf.

»Du warst völlig weggetreten.«

Ich taste nach ihren Händen. Öffne den Mund, aber mein Hals ist staubtrocken.

Ich räuspere mich ein paarmal. Ich ziehe sie zu mir. »Sam«, sage ich mit rauer Stimme. »Du darfst niemandem davon erzählen. Auf keinen Fall, hörst du!« Ich drücke mich noch fester in ihre Arme. »Niemandem.«

Sie schaut mich verwirrt an, nach einem kurzen Zögern entspannen sich ihre Züge ein wenig. »Keine Sorge. Ich verspreche es dir.«

Ich lasse sie los und lehne mich ein Stück zurück. Wir sitzen noch eine Weile nebeneinander, und ein komisches Schweigen hängt zwischen uns.

Mein Gesicht, mein Kiefer, alles tut weh. Und da ist noch etwas anderes. In meinen Gedanken klingt das Lied nach. Immer und immer wieder. Tief und schaurig.

Wie eine Melodie, die man kennen sollte, aber nicht singen darf. Nicht in solchen Zeiten und nicht in solchen Nächten.

12

Favilla.

Die Tage brechen an und gehen vorüber, manche schneller, manche langsamer.

Wenn ich in die Fackeln schaue, kommt es mir ab und zu so vor, als hätte ich längst vergessen, wie echtes Tageslicht aussieht. Wie es sich anfühlt auf der Haut.

Abends studiere ich die Karte. Ich versuche, mir alle Wege einzuprägen, die Flüsse und Grenzmarken, damit ich mich orientieren kann, wenn ich draußen bin und alle fünf Sklavenstützpunkte absuchen werde.

Tagsüber wanke ich müde durch die Gänge, und dann kommt doch oftmals die Ernüchterung. Ich habe zwar Anhaltspunkte, aber keine Garantie, Leo wiederzufinden. Die Euphorie, die nach dem Diebstahl der Karte meinen ganzen Körper durchflutet hatte, ist inzwischen verflogen. Akila zählt immer noch zu einem von drei möglichen Königreichen, in denen sich Leo aufhalten könnte.

Noch lange weiß ich nicht genug.

Ich achte darauf, wie die Leute mich ansehen, ob sie bemerken, dass ich manchmal blass werde, dass ich manchmal scheinbar grundlos zusammenschrecke.

Das Ungeheuer Gedankenunterricht ist nicht weniger furchteinflößend geworden, und auch nicht die Bilder des Fremden, die mich nun sogar manchmal am Tag heimsuchen. Von oben habe ich über die Baumwipfel gesehen, über die ewige Weite des Waldes geblickt, die nur an wenigen Stellen von weißen Türmen durchbrochen wird, und den Fremden die Wege entlanggehen sehen. Denn seit ich diese Träume habe, fühlt es sich an, als würde mir ständig jemand eine Hand gegen die Stirn drücken. Und als würde der eisige Nebel dahinter nicht mehr weichen. Ich habe Angst, die Grenzen zwischen der Wirklichkeit und den Bildern verschwimmen irgendwann gänzlich.

Sam ist bei mir, wenn ich aufwache und mein Kopf völlig schmerzt und pocht. Sie ist sehr geduldig mit mir. Ich weiß nicht, ob ich mich beruhigen könnte, wenn sie nicht da wäre.

Im Einzelunterricht beginnt Finnley langsam zu verzweifeln, weiß nicht mehr, welche Übungen er noch mit mir machen soll. Egal, was er tut, meine Leistungen lassen nach.

In den Ligen überholen mich die anderen. Sie sprechen mich nicht darauf an, aber ich merke doch, dass es jemandem wie Nora auf der Zunge liegt, mich zu fragen, ob alles in Ordnung ist.

Es ist nur noch eine Frage der Zeit, und Jonathan wird reagieren. Und vielleicht werde dann auch ich verschwinden, genau wie Alexis. Sam wird in einer leeren Zelle liegen, und niemand wird nach mir fragen. Nach ein paar Wochen wird sie eine neue Mitbewohnerin haben. Möglicherweise steht meine Nachfolgerin für den Zirkel längst schon fest.

In ein paar Jahren wird Jonathan von mir erzählen. Von dem Mädchen mit dem feuerroten Haar, das verrückt geworden ist.

Meine Pläne, zu fliehen, scheitern, ehe ich sie ganz durchdacht habe. An den äußeren Gängen sind überall Wächter. Ich muss auf eine Außenmission warten, das ist im Moment die einzige Chance.

Als ich an diesem Morgen auch noch die Schwarzwurzel auf dem Teller liegen sehe, dreht sich mir der Magen um, bevor ich überhaupt davon gekostet habe.

Die meisten Schüler sind bereits fertig. Stühle rücken, Teller klirren, der Saal wird leerer, ich kaue immer noch.

Die Reste bringe ich zum Versorgungstisch. Benjamin humpelt vor mir her, er hat einen Stapel von mindestens sechs Schalen auf dem Arm. Er sieht ungeschickt damit aus, dennoch weiß ich, dass er sie nicht fallen lassen wird.

»Benjamin?«

Er bleibt abrupt stehen. »Ja?«

»Erinnerst du dich an dieses eine Mädchen in Favilla, die Verrückte?«, frage ich ihn.

Er stellt die Schalen ab und fährt sich über die Glatze. »Ja.« Er zieht das Wort in die Länge. »Ich erinnere mich.«

»Hast du gemerkt, dass sie verrückt war, bevor …«, stammle ich, »bevor sie tot war?«

»Wir alle haben das gemerkt.«

»Woran?« Meine Frage kommt etwas zu schnell.

Benjamin sieht zu den Schalen auf dem Tisch und dann wieder zurück in mein Gesicht. »So etwas merkt man«, sagt er schließlich und winkt dann ab. »Das ist irgendwie schon in ihr drin gewesen und kam dann nach und nach raus.« Er wischt sich noch mal nachdenklich über den kahlen Kopf. »Wieso fragst du?«

»Nur so.«

Jonathans Augen sind starr auf einen Punkt im Zirkelraum gerichtet, dann zucken sie kurz, und er hat Lucas im Visier. »Es wird Zeit, dass du mehr über die acht anderen Königreiche auf Tyrganon erfährst.« Sein kleiner Mund bewegt sich kaum beim Sprechen, er steht in etwa zwei Schritt Entfernung vor den hölzernen Regalen mit den Schriftrollen. Das Tagebuch ist nicht mehr da. Der Dürre muss es zurück in die Bibliothek gebracht haben, und anscheinend hat auch keiner bemerkt, dass eine Seite fehlt. Ich habe Glück gehabt.

»Ich nehme an, das eine oder andere haben dir die Zirkelmitglieder vielleicht schon erzählt. Du musst wissen«, und jetzt greifen seine Hände in ein Fach, um dort eine Landkarte herauszuziehen und sie vor sich auszurollen, »die Königreiche definieren sich über ihr Wappentier und deren Symbol. In Lavis sind es die Phönixe, sie führen das Symbol des Feuers, wie du ja bereits weißt.«

Lucas beugt sich näher vor, um sich die Karte anzusehen. Die Ländergrenzen zeichnen ein unverkennbares Muster auf die Landmasse Tyrganons. Im Süden endet sie in einer leeren, unerforschten Fläche. Hoch im Norden türmen sich die Gebirgsketten. Berge, die höher reichen als die Wolken. Im Westen und im Osten erstreckt sich das Meer. Der Fluss Leto, so hat Emma es uns erklärt, mündet auch irgendwann in diese unendliche Weite und Tiefe aus Wasser. Etwas, wovon man nicht weiß, wann es aufhört, wo es hinführt und was in seiner Tiefe lauert. Nur Blau, so weit das Auge reicht.

All diese Landschaften und Kulturen. Es leben dort wahrscheinlich fünfmal, zehnmal, nein, möglicherweise hundertmal so viele Menschen wie in Lavis.

Und irgendwo unter ihnen ist Leo.

»Callan«, sagt Jonathan plötzlich und rollt die Karte wieder zusammen. »Ich möchte wissen, welche Vogelwesen im Königreich von Aeris das Wappen kennzeichnen.«

Callan sieht auf. »Die Sturmfalken«, sagt er mit fester Stimme.

»Wie kann ich mir das Land vorstellen?«, fragt Jonathan und reckt dabei das Kinn etwas nach vorn.

»Das Land ist karg und gebirgig«, beginnt Callan. »Die Städte befinden sich auf den höher gelegenen Ebenen, selten in den Talsenken. Mit diesen Städten treibt der Brennende König Handel, allerdings nicht mit dem Königshaus selbst. Man sollte es vermeiden, Mitgliedern dieses Volkes direkt in die Augen zu sehen, es zeugt in ihrer Kultur von Respektlosigkeit.«

Jonathan nickt kurz. »Danke, Callan.« Dann wandern seine scharfen Augen die Reihe ab. »Melvin, die Königsadler.«

Melvin reibt sich den Nacken. »Na ja. Akila ist das einzige Land, von dem wir wirklich sicher sein können, dass die Vogelwesen dort existieren«, antwortet er. Der Name des Königreichs versetzt mir sofort einen Stich ins Herz.

»Richtig«, Jonathan dreht sich zu Lucas. »Du solltest wissen, dass es viele Legenden gibt, die sich um die Vogelwesen ranken.

Die sie als Wächter, Feinde oder Götter bezeichnen, und sie unterscheiden sich von Kultur zu Kultur. Wir sind uns sehr sicher, dass all diese Vogelwesen vor vielen Hunderten von Jahren existiert haben. Wir Menschen waren schon immer von magischen Dingen fasziniert, wir werden davon angezogen. Aber natürlich sind es auch wir Menschen, die übertreiben und Lügen spinnen. Welche Legenden über die Vogelwesen also wahr sind und welche nicht, das können wir nicht sagen. Und ob außer den Phönixen und den Königsadlern noch andere Vogelwesen die Zeit überdauert haben, wissen wir nicht. Wir schließen es eher aus.«

Jonathan geht wieder ein paar Schritte auf und ab. »Liv. Erzähle mir, welches Symbol das Wappen des Königreichs Cavion trägt.«

»Es ist ein Mond«, sagt sie und streicht sich eine Strähne hinter das Ohr, »und das Wappentier ist der Lederflügler. Die Bevölkerung lebt in einem gewaltigen Höhlensystem irgendwo am Ende der Landspitze. Es ist so gut wie nichts über sie bekannt, kein Fremder hat die Höhlen bisher betreten, denn in Nebel getauchtes Niemandsland erstreckt sich vor dem Königreich – die *Stummen Lande*. Botschafter und Händler können sich nur vor dieser Grenze mit den Bewohnern Cavions austauschen.«

»Kommen wir nun zu Vigilis: Wie ist es mit dem Handel im Königreich der Greife?«, hakt Jonathan sogleich nach.

»Es gibt vorsichtige diplomatische Beziehungen. Der Handel konzentriert sich hauptsächlich auf die Sklaven«, erzählt sie eifrig weiter. »Aber Lavis und Vigilis sind verfeindete Länder, von jeher. Seit die Greife verschwunden sind, hat sich ein brüchiger Frieden entwickelt.«

»Gut.« Jonathans Blick wandert unsere Reihe entlang. Schließlich bleibt er bei mir hängen. »Dann befassen wir uns jetzt mit einem der Nachbarländer. Estelle.« Obwohl ich darauf hätte gefasst sein müssen, habe ich wieder dieses Gefühl von Ertapptsein, als er meinen Namen sagt.

»Ja?« Ich versuche, ruhig zu sprechen.

»Welche Königreiche grenzen an Lavis?«

»Aeris, Noctuán und Akila«, antworte ich.

»Erzähl mir mehr von Noctuán.« Jonathan legt die Fingerspitzen aneinander und sieht mich erwartungsvoll an.

Ich befeuchte meine Lippen. »Es ist das Land der Nachteulen, und ihr Wappensymbol bildet ein Auge. Inmitten eines riesigen Waldes steht der Palast. Er ist aus weißem Marmor, mit großen Säulen und Türmen, höher als die höchsten Bäume. Man sagt, die Bewohner hätten sich in der alten Zeit dem Rhythmus der Eulen angepasst und diesen bis heute beibehalten. So schlafen sie am Tag und wachen in der Nacht. Deshalb ist der Palast weiß. Durch die hellen Farben und Töne können sie sich im Dunkeln besser zurechtfinden.«

»Wie sieht es mit den Handelsbeziehungen aus?«, fragt Jonathan.

»Schwierig, weil die Wälder ein gutes Versteck für Räuber bieten«, sage ich und stocke plötzlich. Erst jetzt, da die Worte meine Lippen schon verlassen haben, merke ich, was mir eben passiert ist.

»Vermute ich«, schiebe ich schnell nach, denn ich spüre, wie mir das Blut in die Wangen steigt und sich plötzlich Hitze in meinem Kopf ausbreitet.

Ich darf jetzt bloß nicht rot werden, mir nichts anmerken lassen. Aber dass ich versuche, dem entgegenzusteuern, macht es nur noch schlimmer. Mir bricht am ganzen Körper der Schweiß aus.

Es macht mich verrückt, dass Jonathan nichts erwidert. Kein *Gut* oder *Richtig.*

Ich kann nicht von den Räubern wissen.

Ich schlucke.

Ich kann nicht davon wissen, Jonathan hat nie davon gesprochen, ich habe nur den Fremden gesehen, wie er im Wald mit erhobener Waffe vor ihnen gestanden hat.

Jonathan sieht mich unergründlich an. Ob er ahnt, dass ich es nicht nur geraten habe? Ob er mich jetzt verhören wird?

»Wenn es all diese Länder gibt, warum wurde Lavis dann niemals angegriffen? Könnten wir uns nicht mit ihnen verbünden?«, platzt plötzlich die Frage aus Lucas heraus, und noch nie war ich für seine Anwesenheit, seinen eigenartigen Ehrgeiz so dankbar.

Es dauert noch einen Augenblick, bis Jonathan den Blick von mir löst, und erst als er sich Lucas zugewandt hat, fällt mir auf, dass ich die Luft angehalten habe.

»Der Brennende König ist ein wichtiger Handelspartner für die anderen Länder. Vor allem dadurch, dass er sie mit Sklaven versorgt. Außerdem gibt es Bündnisse und Friedensabkommen. Und die Leuchtfeuer, die immer wieder für kurze Zeit am Königshaus brennen, dienen zur Abschreckung anderer Völker.

Sie sollen die Macht und Existenz der Phönixe demonstrieren. So kommt es, dass Lavis seit Hunderten von Jahren nicht in den Krieg ziehen musste«, antwortet Jon. Das Frage-und-Antwort-Spiel scheint für ihn beendet zu sein, denn er schiebt die Schriftrolle wieder ins Fach zurück. Noch hat er uns den Rücken zugekehrt und die Hand am Regal abgestützt. »Du hast heute Einzelunterricht mit Roland«, sagt er, während er sich langsam umdreht. Zuerst versteht keiner, wer gemeint ist, dann dreht er seinen Kopf zu mir, und es ist, als packe mich gleichzeitig eine Hand im Nacken.

»In was?«, frage ich.

»Im Gedankenunterricht«, antwortet Jonathan mit ruhiger Stimme, und er sagt es, als wäre es etwas völlig Normales. Aber jeder im Raum weiß, dass es das nicht ist.

Noch nie hatte jemand Gedankeneinzelunterricht. So etwas passiert nicht. Es ist plötzlich viel zu still hier drin, und Roland sieht neben Jonathan auf einmal viel zu groß aus und sein Gesicht zu ernst, als er auf eine der neun Türen im Kreis zeigt, eine, durch die ich noch nie gegangen bin.

Sie haben es wahrscheinlich schon die ganze Zeit gemerkt, ihnen muss doch aufgefallen sein, dass mit mir etwas nicht stimmt.

Mein Blick streift den von Sam, bevor wir alle in die Einzelzellen verschwinden. Dann fällt die Tür hinter Roland und mir krachend ins Schloss.

Diese Einzelzelle ist kleiner als die anderen. Dunkler. Nur eine Öllampe erleuchtet die Steinplatten. Und jemand muss schon vorher diesen Kräutergeruch verbreitet haben. Hier drin ist er noch viel intensiver als in der Großen Halle, wie zusammengepresst. Und wenn ich durch die Nase einatme, fühlt es sich an, als würde ich irgendetwas Kaltes inhalieren. Ich kann nicht wissen, was sie da alles reingemischt haben. Im Alchemieunterricht haben wir von Kräutern erfahren, die einen in den Wahnsinn treiben können.

»Setz dich.«

Ich setze mich auf den Stuhl in der Mitte der Zelle. Das dunkle Holz ist kalt. Ich lege die Hände auf die breiten Armlehnen, fahre mit den Fingern über die Einkerbungen. Es sind Verzierungen, irgendwelche Muster und Formen, die ich nicht ertasten kann. Vielleicht noch aus der alten Kultur, ein Stuhl aus der Zeit, in der der rechtmäßige König herrschte.

Roland steht im Schatten, dort, wo der Flammenschein der Öllampe ihn nicht erreicht. »Wir fangen mit einer einfachen Übung an«, dringt seine Stimme aus der Dunkelheit.

»Warum machen wir das hier?«, frage ich. Es irritiert mich, dass er im Schein der Lampe mein Gesicht sehen kann, ich seines aber nicht.

»Deine einzige Aufgabe ist es, dich auf die Übungen zu konzentrieren. Alles andere spielt keine Rolle.«

»Ich möchte wissen, warum ich das tue.« So schnell will ich nicht nachgeben. Wenn Roland ahnt, dass da etwas Seltsames in meinem Kopf vorgeht, wird er es Jonathan berichten, und wer weiß, was sie dann mit mir vorhaben.

Roland tritt direkt vor mich. Er legt die Hände rechts und links auf die Stuhllehne und beugt sich zu mir herunter. »Jetzt hör mir mal zu.« Die buschigen Brauen, die seltsame Narbe an seinem Mund, er ist viel zu dicht vor mir. »Hier werden keine Fragen gestellt.«

Ich drücke mich weiter in den Stuhl hinein, mit dem Rücken ganz fest gegen die Lehne.

»Und jetzt atme gleichmäßig und fokussiere dich.« Er lässt wieder von dem Stuhl ab, und ich atme aus.

Seine Schritte. Neben mir. Vor mir. Hinter mir. Ich schließe die Augen.

Was, wenn Roland in meinen Kopf eindringen kann? Wenn er wahrnehmen kann, was ich sehe, was ich denke?

Auf keinen Fall darf er in meinen Kopf. Wenn sie merken, wie sehr ich ihnen allen misstraue, wie sehr ich fliehen will … Und dann das Pochen, mit dem die Bilder kommen. Sie werden denken, dass ich langsam verrückt werde, wie das Mädchen. Statt Stimmen zu hören, sehe ich Bilder. Ich bin ein Sicherheitsrisiko für sie.

Bitte lass all das ganz schnell vorbei sein.

»Fixiere einen Punkt.« Rolands Worte sind bestimmt. »Alles«, sagt er, »die ganze Welt, wer du bist und was geschieht, spielt sich in deinem Kopf ab.«

Auf einmal spüre ich ein Gefühl von Leichtigkeit, von Schwindel. Entfaltet der Kräuterduft jetzt schon seine Wirkung?

Ich darf an nichts denken. Nicht an den Fremden denken. Keine Bilder in meinen Kopf lassen.

Und jetzt, im Rhythmus seiner Worte, wird seine Stimme ein bisschen tiefer. »Fixiere einen Punkt.«

Ich schlucke. Sobald es still wird, spüre ich sofort das Hämmern gegen meine Schädeldecke. Und ich weiß, dass mich der

Fremde heimsuchen wird. Dass ich nichts dagegen tun kann. Ich bin machtlos gegen diese Bilder. Vage formen sich erste Schemen. *Der Fremde geht durch Ruinen. Durch einen weißen, verlassenen Palast. Die riesigen Marmorsäulen am Eingang sind zerbrochen, als hätte sie etwas sehr Mächtiges umgeworfen. Wind fegt durch die Trümmer und weht feinen Sand und Blätter davon. Der Fremde läuft über Marmorplatten und steigt über umgeworfene Stühle und zerbrochene Glasbehälter.*

Ich kralle mich fester in das Holz. *Verschwinde.*

Am liebsten würde ich mit den Füßen zappeln und ganz wild meinen Kopf schütteln, als könnte ich die Bilder so loswerden, aber ich bin in dieser unbeweglichen Stille der Gedankenübung eingesperrt.

Und dann höre ich Rolands Stimme. Tief und leise, aber auch drängend. »Was nehmen deine Gedanken wahr, Estelle? Was siehst du? Was fühlst du?«

Ich antworte nicht. Schüttele nur den Kopf.

»Entspannen.« Rolands Stimme ist in meinem Nacken. Sie verursacht mir eine Gänsehaut auf den Armen. Ich kann nicht anders, als jetzt mit der ganzen Hand die Lehne zu umklammern.

Der Fremde duckt sich hinter einer halb zerfallenen Häuserfront. Versteckt sich.

»Estelle!« Roland brüllt jetzt. Ich schnappe panisch nach Luft, als ich wieder in das Schwarz der Zelle schaue und mir nur vorstellen kann, wie wütend er mich ansehen muss.

»Ich kann spüren, dass du mir etwas verschweigst. Sag mir, was es ist!« Seine Stimme ist kälter als Eis.

Jetzt spüre ich wieder das Gefühl von tausend Insekten an den Füßen, sie krabbeln über meine Knöchel und dann die Beine hoch. Sie kommen mir immer näher, und ich kriege kaum noch Luft.

Ich springe auf, viel zu hastig, aber ich kann mich nicht länger kontrollieren.

Ich presse meine Hand auf den Mund. Schüttele wieder und wieder den Kopf. »Es ist nichts.« Meine Stimme ein heiseres Krächzen.

Roland steht im Schein der Lampe, die grünen Schlangenaugen stechen in meinen Kopf. Er kommt mit seinem Gesicht ganz nah an das meine, und dann flackert auf einmal wieder dieser violette Schimmer in seiner Iris auf. »Ich weiß, was in dir vorgeht. Lüg mich nicht an!«

Ich kann keinen klaren Gedanken mehr fassen, ich muss so schnell wie möglich von hier verschwinden.

Also stürme ich an ihm vorbei, raus, nur noch raus hier.

Ich renne durch die Tür und weiter durch den Zirkelraum, am Brunnen vorbei, in den Gang, ich stolpere.

Er folgt mir, ich will mehr Abstand zwischen uns bringen, aber plötzlich muss ich würgen. Ich stütze mich mit einer Hand an der kühlen Wand ab. Noch einmal ein Würgen, aber es kommt nichts. Also stecke ich mir den Finger in den Hals, so tief es eben gerade noch geht, und übergebe mich genau in dem Moment, als Roland mich erreicht.

Vielleicht sieht es auch nur so aus, wegen der Narbe am Mund, aber sein Gesicht ist seltsam verzerrt, als er die Nase rümpft.

Mein Hals brennt, ich bin froh, dass sich meine Augen von

dem scharfen Geruch von ganz allein mit Tränen füllen. Ich schlinge meine Arme um meinen Bauch, achte darauf, dass ich gekrümmt dastehe.

Einmal starrt er noch auf mein Erbrochenes, dann wieder in mein Gesicht. »Können wir weitermachen?«

Ich schlinge die Arme noch fester um meinen Bauch. »Nein!« Meine Stimme ist vor Panik viel zu laut.

Aber in seinem Gesicht regt sich nichts, kein Anzeichen von Mitleid. Das kann doch nicht sein Ernst sein, das kann er doch nicht machen!

Schritte nähern sich uns. Mirlinda steht im Türbogen, und erst jetzt gibt Rolands Blick mich frei.

»Was ist los?« Mirlinda kommt auf mich zu und legt mir eine Hand auf die Wange. Ich kann Leder riechen, wahrscheinlich vom Griff ihrer Waffe. Ich blinzle, meine Augen brennen. »Ich habe …«

Aber Roland fällt mir ins Wort. »Es geht schon wieder. Nur ein kleiner Zwischenfall.«

Sie dreht sich zu ihm um, dabei gleitet ihre Hand von meiner Wange. »Ich möchte es von ihr hören.« Ihre Worte sind scharf und bestimmend. Erst jetzt fallen mir die kleinen Schweißperlen oberhalb ihrer Lippe und der Morgenstern auf, den sie immer noch in der linken Hand hält, sie muss mitten im Übungskampf den Unterricht verlassen haben. »Denkst du, du kannst noch weiterüben?«, fragt sie, an mich gewandt.

Ich schüttle den Kopf.

»Ist okay, du kannst zurück in die Schlafzelle«, sagt sie, und in mir weicht ein kleines bisschen der Anspannung.

Sie fängt Rolands Blick auf, ich erkenne Härte in ihrem hübschen Gesicht.

»Na gut.« Roland nickt mir versucht freundlich zu. Ich hasse sein Gesicht.

»Gut«, sagt auch Mirlinda noch einmal und geht dann davon.

Roland blickt ihr nach. Die schwere Morgensternkugel mit ihren spitzen Eisendornen schwingt mit jedem ihrer Schritte vor und zurück. Als sie durch die Tür verschwindet, dreht Roland sich ein letztes Mal zu mir um.

»Wir werden das wiederholen«, sagt er.

Und während ich zu meiner Zelle eile, rast ein Gedanke immer wieder durch meinen Kopf: *Sie wissen es. Sie wissen von den Träumen. Ich bin hier nicht länger sicher.*

13

Favilla. Gänge.

Ich sitze auf dem Boden und warte. Es ist kurz vor dem Ligenunterricht. Aron will sich hier mit mir treffen, er sagt, es sei wichtig. Ich weiß nicht genau, warum ich tatsächlich hergekommen bin, aber mir ist auch klar, dass Aron sonst nicht lockerlassen würde und dass ich diesmal vielleicht endlich mehr erfahre, dass ich schlauer werde aus seinem seltsamen Verhalten.

Ich beobachte eine Spinne, die an einem Faden an den Gebeinhäusern entlangkrabbelt. Sie hat ihr Netz genau über den leeren Augenhöhlen der Totenschädel gesponnen. Ihr knopfgroßer Körper ist fett, eine schwarze Kugel mit Haaren.

Die Katakomben werden in diese Richtung schmaler, irgendwo dort hinten geht es zum unerschlossenen Bereich. Manchmal habe ich das schwarze Viereck von Weitem angesehen. Es ist verboten, dort hineinzugehen. Man weiß nicht, was dort alles noch ist. Decken und Wände könnten einstürzen. Das sagen jedenfalls die Wachen, die davorstehen.

Während ich in die Finsternis starre, versuche ich mir noch mal die Karte von Akila ins Gedächtnis zu rufen. Die fünf

Kreuze und Aufgaben der Sklavenstandorte weiß ich jetzt auswendig. Aber ich muss sie mir immer wieder aufsagen, ich habe Angst, ich könnte sie aus irgendeinem Grund vergessen.

Eine schlaksige Gestalt stiefelt auf mich zu. Ich will mich vom Stein hochdrücken, aber Aron streckt mir vorher die Hand hin. Ich zögere einen Moment und muss daran denken, dass die Situation damals in der Großen Halle andersherum war, dann lasse ich mir von ihm aufhelfen. Seine Hand ist kühl und trocken. »Willst du jetzt zugeben, dass du dich nicht wohlfühlst?«, fragt er, als ich dicht vor ihm stehe. Er hat meine Hand noch nicht losgelassen.

»Warum sind wir hier, Aron?«, frage ich.

»Was, denkst du, lauert im Wald hinter den Friedhofsmauern?«

»Ich weiß es nicht.«

Er verlagert das Gewicht vom einen Fuß auf den anderen. »Wenn du die Chance hättest, von hier abzuhauen, würdest du es tun?« In seinen Augen sind mehrere Äderchen geplatzt.

»Soll das etwa ein Verhör werden?«

Hinter uns ein Rascheln, ich zucke zusammen.

Auch Aron fährt sofort herum, aber es ist nur ein Höhlenkäfer, der vorbeikrabbelt.

Er dreht sich wieder zu mir und hält mich am Arm fest. »Ich weiß, dass du es tun würdest«, sagt er. »Denkst du, mir ist nicht aufgefallen, dass du eine Außenseiterin bist? Dass du diese riesige Gruft satthast und dich die Dunkelheit fertigmacht?«

Erst als er meinen Arm wieder loslässt, bemerke ich, wie fest er zugedrückt hat. Ich reibe mir über die schmerzende Stelle.

Aron schiebt fast behutsam mit den Füßen einen kleinen Stein vor sich her, ehe er ihn plötzlich wegkickt. »Du willst hier weg. Du willst ganz woanders sein. Das sehe ich doch.« Er macht eine kurze Pause. »Ich kenne das«, schiebt er hinterher, und als ich in seine Augen blicke, kommen sie mir zum ersten Mal nicht kalt vor. »Auch auf mich wartet jemand. Ein Kräutersammlermädchen. Ihr Name ist Julia.« Er räuspert sich. »Denkst du, ich weiß nicht, was hier vor sich geht?«

»Was soll denn vor sich gehen?« Ich hasse es, dass meine Stimme so zittrig ist.

»Ich weiß zwar nicht, was genau ihr im Schilde führt, aber dumm bin ich ganz bestimmt nicht«, sagt er, und ich bin mir nicht ganz sicher, ob da das Anzeichen eines Lächelns um seine Mundwinkel zuckt. »Ich kann vielleicht nicht so gut Bogenschießen wie du, und ich kann vielleicht nicht ganz so gut kämpfen wie Lucas. Aber ich kann gut zuhören. Und ich weiß, dass du da mit drinsteckst.«

Sein eigenartiger Gesichtsausdruck macht mich nervös. Was er auch weiß, es ist zu viel. Für einen Nichtzirkelschüler ist es definitiv zu viel.

»Deine Freunde sollten vielleicht besser aufpassen. Ich habe ihre Blessuren gesehen, obwohl kein Schwertunterricht war, und ich habe euch in leere Kammern verschwinden sehen, ich bin mir sicher, dass es Geheimgänge gibt, die Frage ist nur, wo genau.«

Ich zögere zu lange, und es ist, als hätte ich ihm damit eine Antwort geliefert.

»Wir haben einen Weg gefunden. Wir können abhauen. Wir wissen nur nicht, wie wir unbemerkt von Ebene Zwei zu Ebene

Eins gelangen. Aber du kannst uns helfen, und ich habe dich jetzt lang genug beobachtet, um zu wissen, dass du das auch tun wirst. Ich hab gesehen, wie du manchmal Valerie und Marcus ansiehst. Irgendwer wartet da draußen auf dich. Du würdest uns nicht verraten. Und wenn doch –«, sein Gesicht ist plötzlich ganz dicht vor meinem, »dann würde ich dich auf jeden Fall noch kriegen, das verspreche ich dir. Ich kenne deine Schwachstellen. Ich weiß, wie du kämpfst.«

»Lass mich in Ruhe. Ich will damit nichts zu tun haben«, sage ich mit fester Stimme.

Ich weiche einen weiteren Schritt zurück, aber ich stoße mit dem Rücken gegen die Wand.

»Wir hauen direkt nach der Nachtruhe ab, dann haben wir genug Vorsprung.«

»Heute noch?«, frage ich.

»Morgen Nacht.« Er bringt wieder etwas Abstand zwischen uns. »Wir bereiten alles vor.«

»Aber …« Ich will sagen, dass das keine Zusage war, dass ich noch viel mehr Fragen habe, aber für ihn scheint die Sache beschlossen zu sein.

»Etwa einen Stundenstrich nach der Nachtruhe hole ich dich vor deiner Zelle ab.« Halb im Gehen nickt er mir noch einmal zu. »Bis dann.«

14

Favilla. Waschraum Mädchen.

Im Trinkwasserfass ist nicht mehr viel drin. Nur noch eine trübe Pfütze, die schon eine leicht bräunliche Färbung angenommen hat. Die Begrabenen werden sie erst morgen früh wieder mit frischem Wasser aus dem Brunnen auffüllen, dennoch versuche ich, wenigstens ein bisschen davon in meine Flasche zu schöpfen.

Ich habe unglaublichen Durst, in letzter Zeit habe ich andauernd so ein Brennen im Hals. Noch im Gehen könnte ich die Flasche in einem Zug leeren, doch ich brauche das Wasser für später.

»Was machst du denn hier?«, frage ich erschrocken, denn draußen im Gang steht plötzlich Noel vor mir.

»Entschuldige.« Er fährt sich verlegen durch das schwarze, lange Haar. »Ich wollte dich nicht erschrecken.«

Jetzt, als er direkt vor mir steht, kommt er mir noch größer vor als sonst.

»Ich habe dich summen gehört«, sagt er.

»Summen?«

»Na, dieses Lied, das du eben die ganze Zeit vor dich hin gesummt hast.«

»Ich hab –«, und dann halte ich augenblicklich inne.

Weil ich es hören kann. Jetzt. Das Lied des Fremden am Feuer. In meinem Kopf. Es muss da schon die ganze Zeit gewesen sein, seit dem letzten seltsamen Traum. Wie eine Melodie im Hintergrund, die mich überallhin begleitet. Aber dass ich sogar schon summe, ohne es zu merken, bereitet mir ein flaues Gefühl.

»Hat man das bei den Schwarzgewändlern öfter gesungen?«

»Ach so, nein«, sage ich schnell. »Ich habe nur irgendwas vor mich hin gesummt, nichts Bestimmtes. Und sowieso durfte man als Frau am Hof der Schwarzgewändler fast gar nichts unaufgefordert tun. Jedenfalls nicht singen.«

»Ist das dein Ernst?«

»Ja.«

Wir schweigen einen Moment. Dann räuspert sich Noel und beginnt wieder zu sprechen. »Ich wollte dich eigentlich etwas fragen.« Und jetzt sehen mich seine braunen Augen ganz genau an.

Ich rechne bereits mit dem Schlimmsten und nehme nervös einen Schluck Wasser.

»Ich habe mitbekommen, dass du dich mit Lucas schon ein paarmal in die Haare bekommen hast. Er ist in letzter Zeit noch angespannter als sonst. Weißt du vielleicht, was mit ihm los ist?«

Ich ramme den Korken wieder in den Trinkschlauch, atme erleichtert aus. »Wir können uns einfach nicht leiden, ich glaube, das ist alles.« Ich versuche, ihm ein aufmunterndes Lächeln zu schenken. »Tut mir leid, dass ich dir nicht weiterhelfen kann.«

»Schon gut«, sagt er, und jetzt, als es kurz still ist, kann man seinen Magen laut grummeln hören.

»Schon wieder Hunger?«

Er reibt sich einmal über den Bauch, zuckt dann mit den Schultern. »Ich weiß auch nicht, was mit meinem Magen nicht stimmt.«

Kurz müssen wir beide lächeln.

»Mhm. Weißt du, worauf ich jetzt richtig Lust hätte?« Ich presse meine Lippen aufeinander. »Auf Kraut und Kartoffeln, vielleicht auch auf ein paar Trauben.«

Er schüttelt den Kopf. »Ich habe nicht mal 'ne Ahnung, wie das schmecken soll.«

»Du kennst keine Trauben?«

Er schüttelt wieder den Kopf.

Ich hätte besser nachdenken müssen, natürlich kennen die Braungewändler so etwas nicht. Er hätte Trauben sicher geliebt. Mein Bruder Valentin hat sie auch geliebt. Ich muss auf einmal an ihn denken. Wie er am Tisch saß an dem Abend vor meiner ersten Haremszeremonie.

Ich hatte gerade erst den sechzehnten Jahresumlauf erreicht. Meine älteren Brüder Joshua und Valentin waren zu Besuch da. Mutter hatte sich aus diesem Grund besonders schick gemacht, sie hatte sich die braunen Haare geflochten und mit einem hübschen, schwarzen Haarband zusammengebunden.

Ich erschien unvorbereitet, trug noch die Kleidung von der

Arbeit und fischte ein paar restliche Weidenholzspäne von meinen Ärmeln.

Joshua und Valentin trugen die gleiche Uniform wie mein Vater. Schwarz mit glänzenden Manschettenknöpfen und Schulterpolstern. Die vergoldete Phönixbrosche prangte auf der Brust. Sie sahen so erwachsen aus.

Wir hatten nicht mehr alle an einem Tisch zusammengesessen, seit Valentin das Haus verlassen hatte, um eine eigene Familie zu gründen.

Sogar die versilberten Krüge hatte meine Mutter aufgedeckt. Die Krüge mit dem eingravierten Familienwappen. Ich fuhr mit den Fingern über die Konturen der Feder. Es war kein gewöhnliches Essen, das war mir von Anfang an klar.

Mein Vater und meine Brüder unterhielten sich über Politik, sie stießen hin und wieder mit dem Wein an, wenn sie sich einig waren, und lachten über Witze, die ich nicht verstand.

Es ist eine besondere Ehre, wenn Familienmitglieder in der niederen Politik des Brennenden Königs tätig sind. Aber die Arbeit hatte Joshua und Valentin verändert. Da war auf einmal dieses Feuer, das in ihren Augen glänzte. Wenn sie von der Ware sprachen, die gelagert werden sollte, von den Listen, die sie exakt ausfüllen mussten, von dem Verhandeln um Stoffe, Glas, Alkohol oder Tierfelle.

Ich schielte zu meiner Mutter hinüber. Sie tat so, als folge sie den Gesprächen. Nickte freundlich mit dem Kopf, lächelte, wenn es angebracht war, nippte hin und wieder an ihrem Wein, aber ich sah, dass sie den Krug zittrig abstellte und dass ihr Gesicht einfror, wenn keiner hinsah.

»Soll ich dir noch mal etwas auftun, Liebes?«, fragte sie mich. Ich sah auf meinen Teller hinab. Ich hatte das Essen kaum angerührt, nur etwas von dem Kraut hatte ich probiert.

Das reichte jetzt.

Ruckartig stand ich auf. Der Stuhl schabte laut über die Steinplatten. Alle sahen sie zu mir hoch, meine Mutter hörte mit dem Kauen auf, die Gabel fiel ihr aus der Hand, und auch meine Brüder und mein Vater waren urplötzlich still.

»Ihr könnt jetzt sagen, was los ist!«, rief ich über den Tisch.

Immer noch Schweigen, ich konnte hören, wie Mutter ihren letzten Bissen hinunterwürgte.

»Estelle, setz dich bitte wieder!« Mein Vater hatte die Stimme erhoben. Wahrscheinlich hatte es ihn erschreckt, dass ich nicht gehorsam war, dass ich überhaupt am Tisch sprach, ohne aufgefordert worden zu sein, aber das war mir damals völlig egal. Ich hasste sie für dieses Theater, das sie vor mir aufführten.

»Nein!«, feuerte ich zurück und stützte mich mit beiden Händen auf dem Tisch auf. Ich musste nicht zur Seite sehen, um zu wissen, wie angespannt meine Mutter dasaß und dass sie um den Hausfrieden bangte, wie sie versuchte, die Beherrschung zu behalten.

»Ist gut, Vater«, sagte Valentin schließlich und legte ihm eine Hand auf die Schulter. Dann sah er mich an. Es war das erste Mal an diesem Abend, dass er mir richtig in die Augen sah. »Joshua und ich sind hier, weil dein Paket angekommen ist. Wir sind hier, um es dir zu überreichen.«

»Welches Paket?«, fragte ich, aber eigentlich kannte ich die Antwort schon.

»Ein rotes«, sagte er und sah dann betreten auf seinen Teller hinab.

»Und, kommst du mit?« Auf einmal sind es wieder Noels braune Augen, in die ich blicke, und es ist seine tiefe Stimme, die mich zurück in die Gegenwart katapultiert.

»Entschuldige, wohin?«

»In den Gemeinschaftsraum«, wiederholt er.

»Ach so, danke«, sage ich. »Aber ich glaube, ich gehe schon mal in meine Zelle.«

»Sicher?« Noel hebt noch einmal fragend die Brauen und reibt sich den Nacken. Die Haare an seinen Armen lassen seine Haut noch dunkler wirken. »Melvin würde bei *Könige und Narren* auf jeden Fall ein Auge für dich zudrücken.«

»Ein anderes Mal vielleicht.«

»Na gut.« Er tippt sich mit den Fingern zweimal an die Schläfe. Der Gruß der Minenarbeiter.

Ich mache ihm die Geste nach, wobei das Ganze bei mir wahrscheinlich ziemlich albern aussieht. Ein zweites Mal müssen wir kurz lächeln.

»Gute Nacht, Estelle«, sagt er dann. »Pass auf dich auf.«

»Du auch.« Noel dreht mir seinen breiten Rücken zu und verschwindet in Richtung Gemeinschaftsraum.

Ich laufe zurück in meine Schlafzelle. Sam ist noch nicht da. Ich nutze die Gelegenheit, um alles vorzubereiten, und packe meinen Beutel für die Flucht. Hole die Karte aus der Nische in der Wand hervor. Sehe sie mir ein letztes Mal genau an und verstaue sie dann. Meinen Trinkschlauch habe ich aufgefüllt, und beim Abendessen habe ich ein paar Wurzeln mitgehen lassen. Zuletzt packe ich einen Docht und ein Fläschchen Öl ein.

Ein bisschen ist es wie das Gefühl vor dem Tag der Haremszeremonie: Morgen könnte alles anders sein.

Die Erinnerung lässt mich nicht los.

Das Kleid war wunderschön. Ein samtenes, unschuldiges Weiß mit hübschen Stickereien am Dekolleté. Es reichte bis auf den Boden und zog eine kleine Schleppe, wenn man lief. In der Mitte wurde es von einem silbernen Band geziert, und auch an den langen, durchsichtigen Ärmeln waren Silberplättchen angenäht. Ein feiner, dünner Stoff, der sich anfühlte wie Daunenfedern, die einem über die Haut streichelten.

Ich nahm den Kranz in die Hand. Die roten Blumen stachen mir sofort ins Auge. Sie sahen aus, als könnte ich mich daran verbrennen, wenn ich sie nur mit den Fingerspitzen berührte. Als Zeichen treuer Hingabe ist es den Mädchen an diesem einen Tag gestattet, die königliche Farbe zu tragen.

Valentin klopfte an meine Zimmertür, ich legte den Kranz hastig zurück in die Schachtel, als hätte ich etwas Verbotenes in den Händen gehalten.

Erst blieb er an der Schwelle stehen und schaute mir zu, wie ich das weiße Kleid vor mich hob und mich im Spiegel betrachtete. Er sieht mir ähnlich, auch wenn ich die Einzige in der Familie bin, die rotes Haar hat. Es ist irgendetwas an seinen Gesichtszügen, vielleicht auch die Form der Augen.

»Weint Mutter?«, fragte ich.

Er machte einen letzten Schritt in mein Schlafgemach hinein und schloss die Tür hinter sich. »Sie wird sich nicht trauen, zu dir zu kommen. Sie wird versuchen, die Fassade aufrechtzuerhalten. Die perfekte Schwarzgewändlerin spielen.« Er kratzte sich einmal am Bart. »Du weißt ja. Es ist eine Ehre, für den Brennenden König zur Auswahl zu stehen.«

Ich sah wieder in den Spiegel. »Was, wenn er mich auswählt?«

Valentin nahm mir das weiße Kleid aus den Händen und legte es zurück in das Paket. Als würde es die Situation besser machen, wenn ich es nicht mehr ansehen musste.

»Du warst schon im Königshaus«, sagte ich. »Es ist schlimm für die Frauen, habe ich recht?«

Er rieb einmal den Stoff zwischen den Fingern und schob dann den Deckel über die Schachtel.

Er wischte sich über den Mund und sah mich ernst an, griff nach meiner Hand und strich mir behutsam über den Handrücken. »Versuch, am Anfang der Reihe zu stehen, vielleicht geht er schnell vorüber. Versuch, den Blick auf den Boden zu richten. Sieh ihm am besten nie in die Augen.« Jetzt drückte er meine Hand ganz fest. »Du musst deine Schönheit vor ihm verbergen.«

Ich fürchtete den bevorstehenden Tag wie keinen anderen. Ich dachte, es würde der schlimmste Tag meines ganzen Lebens werden. Ich konnte ja nicht wissen, dass ich auf dem Marktplatz Leo zum ersten Mal treffen würde.

15

Favilla. Schlafzelle.

Wenn es etwas gibt, was ich gut kann, dann ist es, mich rauszuschleichen.

Die Kleidung vom Tag habe ich angelassen. Die Sachen sind im Beutel verstaut. Die Tür steht einen winzigen Spalt offen. Alles ist vorbereitet.

Ich kann endlich damit aufhören, mir etwas vorzumachen. Die Antwort stand fest, von Anfang an. Besonders nach der letzten Gedankenübung mit Roland. Sie beobachten mich genau. Wenn ich die Nächste bin, die aussortiert werden soll, muss ich ihnen zuvorkommen.

Es kann schiefgehen, vielleicht ist es ein Fehler, Aron zu vertrauen. Ich kenne ihn nicht gut genug, um sicher zu sein, dass an der Sache nichts faul ist.

Aber ich habe den Ausdruck in seinen Augen gesehen, als er von Sehnsucht gesprochen hat und von dem Mädchen. Ich habe an dem Druck seiner Hand gespürt, dass er diese Katakomben um jeden Preis verlassen möchte.

Ich kann gar nicht anders, als auf diese Chance zu setzen.

Als zum letzten Mal die Schritte des Dürren vor meiner Zelle verklingen, stehe ich auf.

Ich beuge mich über Sams schlafende Gestalt. Die Öllampe in meinen Händen zittert, den Docht habe ich so weit heruntergeschoben, dass die Flamme winzig ist, dennoch erkenne ich ihre Gesichtszüge im flackernden Licht. Die Vertrautheit darin.

Ich würde ihr gern einen Kuss auf die Stirn geben, aber das wäre zu gewagt, also strecke ich meine Hand aus, um ihr über das Haar zu streichen. Kurz davor zucke ich wieder zurück und lasse sie vorsichtig sinken. Ich darf Sam nicht wecken.

Leb wohl, Sam, sage ich fast lautlos.

Auf Zehenspitzen tapse ich auf die Tür zu. Ich werfe einen letzten Blick zurück. Ich werde diese Zelle keinesfalls vermissen. Nichts werde ich hier vermissen. Gar nichts. Nur Sam.

Ich greife nach einem Hemd und schiebe es in die Rille unter der Steintür. Ich darf nicht riskieren, dass der Stein über den Boden kratzt. Ich muss die Tür nur ein kleines Stück aufdrücken, dann passe ich hindurch.

Sam wälzt sich einmal hin und her, aber sie wacht nicht auf. Erst draußen atme ich wieder aus. Nie hätte ich geglaubt, dass mir der Abschied so schwerfallen würde.

Aron steht am anderen Ende des Gangs. »Ich wusste, dass du kommst«, flüstert er. »Die anderen warten vor dem Gemeinschaftsraum.« Er sieht einmal an mir hinunter. »Bereit?«

Ich nicke.

»Wo müssen wir hin?«, fragt er.

»Zum Sarkophag des dritten Phönixwächters«, sage ich.

Wir sammeln die anderen vor dem Gemeinschaftsraum ein. Wie erwartet ist es die Schülergruppe, die ich schon in den letzten Wochen immer wieder in seiner Nähe gesehen habe. Felicity, Timeon, Valerie und Marcus.

Aron zeigt mit dem Kopf einmal schnell in meine Richtung. »Estelle kennt einen Weg, wir folgen ihr.«

Valerie hat die Hand von Marcus fest umschlossen. Und Timeon sieht mich irgendwie hoffnungsvoll an. Wir alle sind jetzt so etwas wie Verbündete.

»Der Sarkophag des dritten Phönixwächters lässt sich aufschieben, dort führen ein paar schmale Stufen in die Geheimgänge.«

Ich sehe von den anderen wieder zu Aron. »Was ist mit den Wachen?«

»Sagen wir es so: Wir haben da eine Verbündete.«

Ich nicke, dann geht es los.

Die Grabstätten der Phönixwächter bilden eine Art Tunnelsystem, das alle Ebenen miteinander verbindet. Nur die Lehrenden und die Zirkelmitglieder wissen von ihrer Existenz.

Der seltsam modrige Eigengeruch in Favilla, der mir sonst gar nicht mehr auffällt, ist zwischen diesen engen Wänden intensiver. Einmal knackt etwas unter meinen Füßen. Überreste irgendwelcher Knochen, manchmal sinke ich auch in etwas Weiches ein, Sand oder Staub, hoffentlich kein verwesender Tierkadaver. Oder Schlimmeres.

Ich will die Hände nicht rechts oder links abstützen, habe Angst, ich könnte dort in irgendwelche Hohlräume fassen, in irgendwelche Gerippe, Schädel oder etwas, das sich komisch anfühlt und von dem ich nicht weiß, was es ist. In etwas, das sich schlimmstenfalls bewegen könnte.

Ich ziehe meinen Kopf ein, es kommt mir vor, als sei die Decke hier viel zu niedrig, als würde sie mich nach unten drücken. Nicht mal unsere Schritte hallen zwischen den Wänden nach, sie verstummen direkt unter uns. Es ist, als würden alle Geräusche vom Boden verschluckt werden.

Einmal bleibe ich kurz stehen und leuchte hinter mich, um zu sehen, ob die anderen aufgeschlossen haben. Ihre Gesichter sehen angestrengt aus. So wie man aussieht, wenn man sich um keinen Preis seine Angst anmerken lassen möchte.

Ich ziehe das Leinengewand etwas fester um meine Körpermitte. Die Spannung in der Luft ist beinahe greifbar, und für einen Augenblick würde ich am liebsten umkehren, für einen Augenblick kommen die Zweifel, ohne dass ich etwas dagegen tun kann.

Ich darf nicht auf sie hören, sage ich mir. Genau wie ich haben die anderen ihre Gründe.

Dass Timeon fliehen will, kann ich mir mehr als gut vorstellen. Seit sein bester Freund Swen verschwunden ist, ist er ein anderer. Felicitys Eltern wurden noch am Hof der Schwarzgewändler vom Brennenden König vergiftet, und sie denkt schließlich immer noch, das Internat unterliege seiner Herrschaft. Ich weiß nicht, was mit Valerie und Marcus ist, vielleicht wollen sie bloß endlich ganz zueinanderstehen und ihre Liebe nicht mehr in der Grauzone Favillas leben, wo man sich nie sicher sein kann, inwieweit die Lehrenden das dulden.

Wir alle wollen einfach nur weg. Das hier ist kein Trick.

Am Ende des Gangs bleibe ich vor dem Sarkophag des dritten Phönixwächters stehen. »Das ist es«, flüstere ich.

»Danke«, sagt Aron und streckt mir seine Öllampe entgegen. »Halt mal.«

Ich reibe schnell die schwitzigen Hände an meinem Gewand trocken, dann nehme ich ihm die Lampe ab. Der Messinggriff ist warm, ich halte beide Lampen, so weit es geht, nach oben und beleuchte damit das Gesicht der liegenden Statue.

Sie besteht aus kaum verwittertem, so fein bearbeitetem Stein, dass der Körper des ehemaligen Phönixwächters aussieht, als ob jemand erst gestern die scharfen Konturen eingemeißelt hätte.

»Kannst du noch etwas näher mit dem Licht herankommen?«

Ich gehe ganz dicht zu dem Sarkophag, der steinerne Mann liegt so hoch, dass sein Gesicht für mich auf Brusthöhe ist. Ich sehe auf seine geschlossenen Lider. Fürchte in dieser Stille beinahe, die Statue könnte jeden Moment wieder zum Leben erwachen. Dass sich die Augenlider plötzlich hochziehen, die gefalteten Finger von dem prunkvollen Schwert lösen, er sich erhebt und mir, bevor ich reagieren kann, die Klinge ins Herz rammt.

»Was ist jetzt? Hilft mir jemand?«, fragt Aron und reißt mich damit aus meinen Gedanken.

»Du musst am Schwertknauf drehen«, sage ich. »Es ist ein Schließmechanismus.«

Aron dreht am Griff, bis man ein Klacken hören kann. Er stemmt sich gegen den Deckel und kann jetzt die Öffnung so weit aufschieben, dass wir hindurchpassen.

Nacheinander steigen wir die schmalen Treppen in das geheime Gangsystem hinab. Sieben Stufen geht es in die Tiefe, bis ich wieder ebenen Boden unter den Füßen spüre.

Die Luft hier unten ist trocken, als würde man Staub einatmen. Knochenstaub. Das Gefühl, lebendig begraben zu sein, ist fast übermächtig. Ich muss mich zwingen, nicht daran zu denken, wie viele Tonnen Erde nun über uns liegen.

Marcus ist der Letzte in der Reihe. Er schiebt den Deckel zusammen mit Felicity an der Halterung wieder zu. Etwas lauter als beabsichtigt. Aron wirft ihnen einen scharfen Blick zu.

Das war der leichte Teil. Mein Blick fällt auf die Schweißtropfen auf Arons Stirn.

Jetzt gibt es kein Zurück mehr. Welchen Weg sie auch nach draußen gefunden haben, von jetzt an bin ich von ihnen abhängig.

Mein Herz rast, mein Atem geht flacher. Die Panik wird erst wieder verschwinden, wenn ich Favilla mindestens einen Tagesmarsch von mir entfernt weiß.

16

Favilla. Ebene Eins.

Wir sprechen nicht mehr. Wie Geister bewegen wir uns durch das schwarze Labyrinth, unsere Schritte schweben über den Boden. Wir laufen Umwege. Ich habe längst die Orientierung verloren, ich hatte vergessen, wie groß und unübersichtlich dieses Gangsystem in den Katakomben ist. Ich vertraue auf Arons Gedächtnis, darauf, dass er den Weg auswendig gelernt hat.

Unzählige Knochen. Ich verdränge den Gedanken, dass sie mal zu Menschen gehört haben, zwinge mich, sie nicht mehr zu zählen, nicht zu schätzen, wie viele Tote hier unter der Erde liegen. Sie sind zu einem weiteren leblosen Teil der Mauern von Favilla geworden … Ob hier auch Knochen von Schülern aufgeschichtet sind? Solchen wie wir, die so dumm waren, zu fliehen?

Ich muss an etwas anderes denken!

Ich kann es kaum erwarten, nach draußen zu kommen, zum ersten Mal wieder den Wind in den Haaren zu spüren und frische Luft in den Lungen. Dorthin, wo das Leben ist und wo die Zeit nicht einfriert, wo das Wasser fließt und Blätter wachsen. Der Gedanke macht mir Mut.

Plötzlich bleibt Aron stehen. Wir anderen halten ebenfalls an. Er hebt die Hand und gibt uns damit das Zeichen, still zu sein. Die Flamme der Öllampe beleuchtet sein Gesicht. Schatten liegen über seinen Augen und lassen ihn für einen Augenblick wie einen der weißen Totenschädel aussehen.

Dann löschen wir alle das Licht. Und jetzt kann auch ich es hören: Geräusche. Stimmen.

In etwa fünf Schritt Entfernung kann man in den nächsten Gang abbiegen, von dort muss das Gemurmel kommen. Von dort fällt nun auch etwas Licht in unseren Gang. Womöglich sind da die Wachposten positioniert.

Aron drückt mich mit seiner Hand dichter an die Felswand. Hat er nicht behauptet, dass wir eine Verbündete haben?

Doch sein Blick macht mir klar, dass uns jetzt nicht der geringste Fehler unterlaufen darf. Langsam schleichen wir vorwärts. Ich beiße mir auf die Wange, ich darf keinen Laut von mir geben.

Je näher wir der nächsten Gabelung kommen, desto deutlicher hört man die Stimmen. Bei den letzten Schritten verharren wir. Alles könnte jetzt unser Ende bedeuten. Schon das kleinste Geräusch könnte uns entlarven.

Was hat Aron vor? Welchen Plan hat er sich zurechtgelegt?

Und was, kommt mir plötzlich in den Sinn, *was, wenn das doch alles nur ein Test ist?* Wie damals, bei der Prüfung für den Zirkel. Als Benjamin gekrümmt zu meinen Füßen lag, als ich mit Finnley vermummte Schüler gejagt hatte. Was, wenn Jonathan das alles inszeniert hat und ich mich nun ganz von allein in mein Verderben geführt habe?

Auf einmal höre ich Schritte aus dem Gang der Wachen. Eine dritte Stimme. Sie klingt nach einer Frau.

Ich bleibe so regungslos stehen, als wäre ich selbst zu Stein geworden, mit der Wand an meinem Rücken verwachsen.

Die Frau muss das Startzeichen sein, denn plötzlich geht alles ganz schnell: Felicity ist auf einmal neben mir. Mit beiden Händen zieht sie zwei Dolche aus dem Futteral an ihren Stiefeln. Wo in aller Welt haben sie die Waffen her? Sie müssen sie geklaut haben. Auch Aron hat ein langes Messer in der Hand, als er um die Ecke rauscht.

Die Frauenstimme gehört zu einer der Begrabenen, ich kenne ihr Gesicht aus der Küche. Sie muss das Ablenkungsmanöver sein, denn die Wachen stehen mit dem Rücken zu uns, und plötzlich ist Aron mit einem schnellen Sprung hinter dem ersten Mann. Mit dem linken Arm umschlingt er den Körper. Noch bevor der Wächter reagieren kann, noch bevor er überhaupt sein Schwert ziehen kann, hat Aron das Messer an seine Kehle gelegt. Mit einem einzigen, kraftvollen Schnitt schlitzt er ihm den Hals auf. Ein gurgelnder Laut. Blut kommt in Stößen aus seiner Kehle. Und als Aron ihn loslässt, sackt der schlaffe Körper zusammen und fällt mit einem dumpfen Schlag auf den Boden.

Gleichzeitig hat sich Felicity den anderen Wächter geschnappt. Sein Schrei erstickt in ihrer Hand. Blut sickert aus seinem Lederwams hervor. Felicitys Gesichtsausdruck bleibt unverändert kühl, als sie ihm den Dolch wieder aus dem Rücken zieht. Er sackt auf die Knie und schlägt mit dem Gesicht auf dem Boden auf. Der dumpfe Ton geht mir durch Mark und Bein.

Sie müssen bemerkt haben, dass ich wie versteinert dastehe, denn Aron tritt auf mich zu. »Was ist?«, fragt er ungeduldig. »Hast du etwa geglaubt, wir spazieren hier einfach so raus?« Etwas Irres blitzt in seinen Augen auf, und in seiner Stimme ist noch mehr Kälte als sonst. Benommen starre ich auf seinen blutverschmierten Arm, dann auf die rote Klinge. Viel zu intensiv steigt mir der Blutgeruch in die Nase. Schwer und metallisch.

Von Toten war keine Rede gewesen. Von so viel Blut war keine Rede gewesen.

Ich kann nicht anders, als auf die zwei Gestalten zu starren.

Sie liegen in der Pfütze ihres eigenen Bluts. Die Beine komisch verdreht. Die Münder offen, die Augen starr.

Aron sieht zu einer der Leichen hinunter. »Nimm sein Schwert, du wirst es noch brauchen.« Dann sieht er einmal in die Runde. »Beeilen wir uns.«

Aber noch kann ich mich nicht bewegen, selbst wenn mein Leben davon abhinge. Ich kann nicht glauben, dass das eben passiert ist.

»Wenn wir uns gleich in der Dunkelheit verlieren, immer rechts halten«, sagt die Begrabene an uns gewandt. »Bei jeder Biegung rechts, dann könnt ihr nichts falsch machen. Bei den eingestürzten Gräbern geht es raus.«

»Und wenn da auch Wachen sind?«, fragt Valerie.

»Nein, nur ich habe den Ausgang beim Höhlenkäfersammeln entdeckt. Sie wissen nichts davon. Da ist niemand.«

Ich höre ihre Worte, aber sie rauschen bloß an mir vorbei.

»Komm jetzt.« Aron winkt mich zu sich, schon halb im Gehen. Felicity ist bereits vorausgegangen. Timeon wirft mir einen kurzen Blick von der Seite zu, Marcus hat sich die Axt von einer der Wachen geklaut, und dann verschwindet auch er mit der Begrabenen im schwarzen Viereck des Gangs. Ich bin nun das letzte Glied der Kette.

Vorsichtig, mit einem großen Schritt, steige ich über die Leiche, darauf bedacht, nicht in die Blutlache zu treten.

Die Schritte der anderen entfernen sich immer schneller.

Ich blicke in das Gesicht des Toten. Dreißig Jahresumläufe, schätze ich. Er kommt mir bekannt vor. So wie einem irgendwann jedes Gesicht in Favilla bekannt vorkommt. Nur der Name fällt mir nicht ein.

Auch diese Männer werden nun nach und nach bis auf die Knochen verwesen. Sie werden neben den unzähligen anderen Schädeln aufgestapelt werden. Zwei weitere von Tausenden.

Langsam gehe ich in die Hocke und strecke meine Hand zur Schwertscheide des Toten aus. Jetzt bin ich wieder in dieser Bewegungslosigkeit gefangen, und ich bringe es nicht über mich, das Schwert herauszuziehen.

Und plötzlich sind da Schritte, Schritte, die da nicht sein sollten. Ich drehe mich um.

Jemand ruft meinen Namen. Lichter von Fackeln, die auf mich zukommen. Umrisse bilden sich neben den Flammen.

Es ist zu spät. Jetzt kann ich nicht mehr weg. Ich sehe an mir hinab. Der Beutel! Die Tagebuchseite darin!

Mein Herz hämmert, ich nehme ihn von meiner Schulter und stecke ihn schnell in eines der Senkgräber hinter die Totenköpfe, sodass man ihn nicht sehen kann, und dann knie ich mich wieder zu den Leichen.

Ich erkenne drei Gestalten, die auf mich zukommen.

Jonathan, neben ihm Benjamin und der Dürre. Mein Hals schnürt sich zu, und Hitze steigt mir in den Kopf.

»Ich habe die beiden untersucht«, sage ich hastig und stehe auf. »Sie sind nicht mehr zu retten.«

Jonathan beugt sich zu einer der Leichen hinunter, um das Gesicht zu erkennen. »William.« Er sieht zum Nächsten, murmelt einen zweiten Namen vor sich hin, ohne mich bisher eines Blickes gewürdigt zu haben, und feuert dann Befehle in Richtung des Dürren. »Hol mir den Zirkel! Und Emma und Finnley. Sie sollen kampfbereit sein.«

Der Dürre nickt, bevor er davonrennt. Der Blick in seinem ausgemergelten Gesicht macht mir Angst.

Jonathan geht auf und ab, mit der Fackel in der Hand inspiziert er, was vor ihm liegt. Noch einmal streift sein Blick meinen, und ich warte nur auf das Verhör, warte darauf, dass ich mich verrate. Aber es kommt nichts, keine einzige Frage. Ich weiß nicht, ob das gut oder schlecht ist.

»Ich habe was gehört, da bin ich ihren Schritten gefolgt«, beginne ich schnell, bemüht, deutlich zu sprechen. »Bevor ich sie einholen konnte, hatten sie die Wachen schon umgebracht.«

»Wer war das?« Es ist Benjamin, der auf mich zuhumpelt und nachfragt.

»Ein paar Schüler«, sage ich. »Ich habe gesehen, wie sie davongerannt sind.«

»Wohin?«

Unwillkürlich werfe ich einen Blick zum schwarzen Viereck, durch das die anderen abgehauen sind.

»Geflohen?«

»Ich glaube schon«, antworte ich. Auch wenn die Worte irgendwie nicht zu mir gehören, kommen sie aus meinem Mund, springen einfach über meine Lippen, und dabei sehe ich immer und immer wieder das Bild vor mir, wie Aron mit seinem Messer die Kehle der ahnungslosen Wache aufgeschlitzt hat. »Immer rechts halten, haben sie gesagt. Immer rechts.«

Und eigentlich sind diese Worte auch gar nicht für Benjamin bestimmt, schon die ganze Zeit habe ich das Gefühl, dass ich dieses Gespräch in Wirklichkeit mit Jonathan führe.

»Ich habe auch jemanden gehört. Im Flügel der Begrabenen. Zum Glück war Jon noch in der Krankenstation. Ich hab ihn gleich geholt«, sagt Benjamin, aber ich kann mich nicht richtig auf seine Worte konzentrieren. Antworte nur: »Ja, zum Glück.«

Mein Blick ist bei Jonathan, er hat die Hände hinter dem Rücken verschränkt, und ich bin froh, dass er nicht hören kann, wie wild mein Herz schlägt. Wie wild es von innen gegen meine Brust hämmert.

17

Favilla. Ebene Eins.

Wenn der Brennende König Verräter nicht öffentlich hinrichten lässt, werden sie von ihm in den Kerker gesperrt. Was dort genau mit ihnen passiert, weiß ich nicht. Niemand weiß das. Nur von den Schreien spricht man. Vom *Kreischen der Verräter.*

Jetzt, wo auch ich jemanden verraten habe, muss ich daran denken. Dabei hat man doch nur etwas gesagt, was man nicht hätte sagen sollen. Nur ein paar Worte, die mich in den Untergang zerren könnten. Mich – und auch die anderen.

Ich habe nie etwas von den öffentlichen Hinrichtungen gehalten. Aber vielleicht ist es manchmal besser, zu sterben – sofort und nicht langsam und qualvoll in den Verliesen.

Alle sehen mich an.

Ich räuspere mich, als sie sich um uns versammelt haben: Finnley, Emma, Lucas, Sam, Melvin, Callan, Nora und Liv.

In meinen ganzen siebzehn Jahresumläufen habe ich mich noch nie so schlecht gefühlt. Aber welche Wahl hatte ich schon? Jeder andere an meiner Stelle hätte dasselbe getan.

Der Dürre reicht mir meinen Bogen, Pfeile und einen Dolch. Geistesabwesend nehme ich sie entgegen.

»Bringt die Geflohenen zu mir.« Es ist Jonathans Stimme, und plötzlich halten alle inne. »Es dürfen keinesfalls Informationen nach außen dringen. Die Zukunft von Favilla, von Lavis – von uns allen – steht auf dem Spiel.« Ein durchdringender Blick in die Runde. »Tötet nur, wenn es sein muss.«

Die anderen hätten an meiner Stelle dasselbe getan. Ganz bestimmt hätten sie das.

»Und, Estelle!« Alles in mir verkrampft sich. Diese Augen verurteilen mich, sie sagen mein Ende voraus. Gleich ist alles vorbei.

»Ich danke dir«, sagt er, aber da ist etwas Undefinierbares in seinem Ausdruck. Es könnte alles bedeuten, *Ver*trauen oder *Miss*trauen. Er nickt mir zu, bedeutet mir, mich den anderen anzuschließen. Ich weiß nicht, warum er mich jetzt mitgehen lässt, wo er mich doch vorher nie hinausgelassen hat.

Ich umklammere fest meinen Bogen. Bekomme ich nun doch noch die Chance, zu fliehen?

Er soll denken, dass die Entschlossenheit, die in meinen Augen flackert, Favilla gilt. Dass ich für Favilla kämpfen werde, komme, was wolle. Aber in Wirklichkeit gilt diese Entschlossenheit nur mir. Nur mir und Leo.

Die anderen machen sich bereit, sie schnallen die Waffen an ihren Gürteln fest, binden Schnüre.

Jonathan winkt Emma zu sich. Er flüstert ihr etwas zu, und sie nickt. Es ist seltsam, Jonathan flüstern zu sehen, das passt nicht zu ihm.

Emma stellt eine Gegenfrage, und Jonathan wirft dabei einen prüfenden Blick ins Geschehen, dann flüstert er etwas zurück. Ich versuche, anhand seiner Lippenbewegungen Wörter abzulesen. Doch sein winziger Mund bewegt sich viel zu schnell.

Emma geht voran. Der Gedanke, dass sie Verdacht geschöpft haben könnte, lässt mich nicht los. Deshalb bilde ich mit Sam und Finnley das Ende, um so weit wie möglich Abstand zu halten.

Bei der ersten Gelegenheit zieht Sam am Zipfel meines Leinenhemds und sieht mich verständnislos an.

Ich schulde ihr dringend eine Erklärung. Eine, die ich jedoch nicht habe. Dass ich die Fliehenden aufhalten wollte, wird sie mir nicht glauben, dafür kennt sie mich zu gut. Und weil ich mit dem Lügen schon angefangen habe, bleibt mir nichts anderes übrig, als damit weiterzumachen. »Ich hatte wieder einen dieser seltsamen Träume«, flüstere ich ihr zu. »Ich bin nach draußen gegangen, weil ich es in der Zelle nicht mehr ausgehalten habe.«

Sie nickt einmal. Das scheint ihr fürs Erste zu genügen. Vielleicht glaubt sie mir, aber selbst wenn nicht, im Moment ändert es nichts. Im Gegenteil, ich fühle mich immer schlechter.

Es geht tiefer ins dunkle Labyrinth. Weit in die Gänge von Favilla, von denen ich langsam den Eindruck habe, dass sie nie aufhören werden.

Die letzten Meter steigen wir über größere Steine hinweg, vermutlich von dem Einsturz. Das muss der Ausgang sein, den die Begrabene ausfindig machen konnte. Ich klettere eine steile

Felswand rauf. Von oben zieht mich Melvin an der Hand hoch, ich plumpse auf weichen Waldboden.

»Das hätte Benjamin nicht eleganter machen können«, sagt Melvin, aber selbst hinter seinem Grinsen kann ich heute die Anspannung sehen.

Die kalte Nachtluft trifft mich unvorbereitet. Zuerst ist sie ein scharfes Ziehen in den Lungen, ein Stechen hinter der Stirn. So, wie sich das eisige Wasser aus dem Brunnen anfühlt, wenn ich es mir über den Kopf schütte, um mich zu waschen.

Plötzlich bin ich hellwach. Ich rappele mich auf. Wir sind von Bäumen umgeben. Der Gang im unerschlossenen Bereich muss weit unter den Friedhofsmauern hindurch bis in den Wald geführt haben.

Die Dunkelheit hier draußen ist eine andere, eine, an die sich meine Augen erst gewöhnen müssen. Ich werfe einen Blick nach oben, will den Nachthimmel sehen, auch wenn ich durch das Dickicht der Zweige nicht viel erkenne. Aber zwei weiße, leuchtende Punkte kann ich ausmachen. Ich habe die Sterne, das Draußensein so vermisst. Und trotz der anhaltenden Anspannung ist es ein wundervoll befreiendes Gefühl und so, wie es auch eigentlich sein sollte – dort, wo sich Menschen eigentlich fortbewegen sollten.

»Halt die Augen lieber auf dieser Höhe«, sagt Melvin, und jetzt ist nicht mal mehr ein kleines Grinsen auf seinem Gesicht. »Du musst den Wald im Blick haben.«

»Ich habe doch dich dabei.« Ich versuche mich an einem aufmunternden Lächeln. »Du kennst dich doch hier aus.«

»Nicht hier«, sagt Melvin, und sein Gesicht ist mir ganz

fremd, so verkrampft sieht es aus. »Wir Jäger haben bestimmte Grenzen. Wer tiefer in den Wald geht, kehrt nur selten zurück. Und das hier ist tief.« Ich habe das Gefühl, dass er gar nicht mehr mit mir spricht. »Viel zu tief.«

Ich starre auf die vorderen Baumstämme. Sie werden gerade noch von unseren Fackeln erhellt, aber zwischen ihnen ist eine schwarze Wand. Ohne eine Lichtquelle wäre man vollkommen verloren, diese Dunkelheit würde einen gnadenlos verschlingen. Ich presse einen Arm um meine Körpermitte, der Temperatur nach müsste es Anfang Herbst sein.

»Hier ist Blut!«, ruft Emma plötzlich. Sie hat die Fackel an einen der Sträucher gehalten, und in der anderen Hand hat sie einen Zweig, auf dem man den dunklen Fleck erkennen kann. »Es muss von den Geflohenen sein. Mir nach!«

Ein gewaltiger Baum ragt direkt vor uns auf. Er hat einen seltsamen Wuchs. Als wäre er schräg zur Seite gekippt, bildet er eine Art Torbogen, durch den wir nun hindurchschreiten.

Ich habe das Gefühl, aus dem Schwarz könnte jeden Augenblick eine Gestalt auftauchen. Die seltsame Stille, die sich hier wie von oben auf uns herunterdrückt, macht dieses Gefühl nur noch intensiver.

»Am besten bilden wir eine Reihe. So haben wir eine größere Reichweite.« Emma deutet mit der Fackel Richtungen an.

Lucas stellt sich neben mich, wir bilden den rechten Flügel der Reihe.

Bei jedem Schritt muss ich auf den Boden schauen. Unter unseren Füßen knacken Äste, das sind die einzigen Geräusche, die die unheimliche Stille durchbrechen.

Ich spüre flaumiges Moos unter meinen Stiefeln. Die Sträucher sind kniehoch, man sieht nicht, wo man hintritt, Dornen piksen mich in die Waden.

Die Bäume stehen dicht, sodass die Sicht nicht weiter reicht als etwa fünf Schritte.

Plötzlich ertönt ein merkwürdiges Geräusch hinter mir, als würde jemand etwas aneinanderreiben oder zwischen den Fingern zermalmen. Kurz ist es so nah, dass ich das Gefühl habe, derjenige stünde direkt hinter mir. Immer wieder sehe ich mich um, blicke über meine Schulter.

Es geht zügig voran, niemand spricht, alle lauschen aufmerksam in die Nacht.

Diese Unruhe in mir lässt nicht nach. Sie kribbelt irgendwo in meinem Brustkorb, und je stiller es ist, desto schlimmer wird es.

Als ich meine Fackel nach rechts schwenke, schrecke ich auf. Doch es ist nur ein Baum, der seine spitzen Äste wie Stacheln von sich streckt.

Ich halte es kaum aus. Meine früheren Verbündeten, die ich verraten habe, die nun meinetwegen in dieser misslichen Lage stecken. Die Vorstellung ist absurd, dass ich das hier gerade wirklich tue.

Ich muss fliehen. Wenn wir Aron und die anderen finden, bedeutet das mein Ende. Ich muss fliehen, noch bevor wir sie stellen und Jonathan erkennt, wer die wahre Verräterin ist.

Meine Blicke wandern von rechts nach links. Die anderen sind mit dem Weg beschäftigt. Starren konzentriert zu Boden, um nicht zu stolpern, kein auffälliges Geräusch zu verursachen.

Trotzdem wird es unglaublich schwer werden, sich von der Gruppe abzusetzen. Ohne Licht habe ich keine Chance, und wenn ich mich mit der Fackel entferne, falle ich zu sehr auf.

Der Waldboden wird unebener. Stämme liegen wie Fallen im Weg. Größere Steine ragen aus dem Boden hervor, ausgerissene Wurzeln von umgestürzten Bäumen, und das ist der Moment!

Ich verharre hinter einer der ausgerissenen Wurzeln. Es riecht nach feuchter Erde. Ich warte, bis Sam zwischen den Bäumen verschwindet und Lucas immer weiter abdriftet, Emma ist dicht neben ihm. Die Gestalten entfernen sich von mir, die Fackellichter werden kleiner.

Langsam ducke ich mich und lege die Fackel auf dem Boden ab.

Für den Moment kann ich nur hoffen, dass sie meine Abwesenheit nicht bemerken. Und mit dem aufgeregten Herzschlag wird plötzlich das Hämmern unter meiner Schädeldecke lauter.

Nein. Nicht jetzt!

Meine Glieder werden unsagbar schwer, ich rutsche mit den Händen an den Wurzelteilen ab. Ein kalter Nebel fließt durch meinen Körper und betäubt mich. Kraftlos sinke ich ganz zu Boden, nasskalte Erde an meiner rechten Wange.

Ich werde herumgewirbelt. Ich richte mich wieder auf. Zwei kampfwütige Männer stehen mir gegenüber. Ihre breiten Gesichter sind zu Fratzen verzerrt. Sie haben die Waffen erhoben. Seltsame, sichelartige Waffen, gefährlich spitz. Sie rennen auf mich zu und brüllen etwas, das ich nicht verstehe. Ihre Augen leuchten fast gelblich. Von der Seite sehe ich den Fremden, der erneut mit dem blutdurchtränkten Schwert ausholt. Ein tiefer Schnitt prangt an seinem Oberschenkel.

Jetzt reißt es mich nach oben.

Plötzlich bin ich wieder im Wald. Ich ringe nach Luft, versuche mich auf meine Umgebung zu konzentrieren, doch die Schwere zieht an meinen Lidern. Ich will mich gegen die Bilder wehren, aber das Pochen in meinem Kopf übertönt alles.

Feuer. Gewaltige Flammen lechzen nach Bäumen und Sträuchern. Kreischen in meinen Ohren. Ich werde umhergewirbelt, irgendwo neben oder unter mir die zwei bewaffneten Männer, deren Kleidung nun auch Feuer gefangen hat. Ich suche die Umgebung nach dem Fremden ab. Aber ich kann kaum durch die Flammen sehen.

»Estelle!« Eine vertraute Stimme. »Komm zu dir! Estelle!«

Überall Weiß und Gelb und Schreie. Brennende Bäume.

Sams Gesicht taucht jetzt aus den Flammen auf. Ich starre sie an. Mein Hals ist wie ausgetrocknet. Als habe sich darin eine Schicht gebildet, die erst abbröckeln muss, bevor ich meine Stimme wiederfinde.

»Was machst du hier so weit weg von der Gruppe?« Sie sieht hektisch über die Schulter. »Scheiße, die kommen. Du musst dich jetzt schnell wieder fassen.« Sie entkorkt ihren Wasserschlauch und hält mir die Öffnung an den Mund.

Erst als mein Rachen wieder befeuchtet ist, schaffe ich es, mich aufzustützen, und bemerke, dass das Leinenhemd an meinem Rücken klebt, weil ich schweißüberströmt bin. Wie lange bin ich weg gewesen?

Sam wischt mir mit den Händen ein paar Erdkrümel aus

dem Gesicht. »Sag, dass du gestürzt bist oder so.« Sie zieht mich noch mal ein Stück hoch. »Sag, du hast dir den Kopf angeschlagen.«

Ich versuche, irgendwie zu nicken oder ihr deutlich zu machen, dass ich sie verstanden habe, aber ich bin noch zu keiner Regung fähig. Wie hat sie mich so schnell gefunden?

»Hier sind wir«, ruft Sam und schwenkt die Fackel mit ausgestrecktem Arm durch die Nachtluft.

»Kannst du klar denken?«, fragt sie mich mit gesenkter Stimme. Ich räuspere mich. Irgendein Ast pikst mich unangenehm in den Oberschenkel. »Ja.« Auch wenn ich mich immer noch nicht vollständig anwesend fühle, so erkenne ich doch Emma und neben ihr Callan und Nora, die mich mit gerunzelter Stirn betrachten, während sie näher kommen.

Emmas kräftige Gestalt beugt sich zu mir herunter. »Wurdest du angegriffen?«, fragt sie.

Ich schüttle den Kopf. »Ich bin gestürzt«, sage ich.

»Kannst du weitergehen?«

Ich nicke, sie richtet sich wieder auf, und dann redet sie mit Sam, als wäre ich gar nicht anwesend. »Du hast ein Auge auf sie?«

Sam murmelt irgendetwas Unverständliches zurück. Fast die gesamte Gruppe steht jetzt um uns herum, nur Lucas kann ich nicht entdecken.

Knacken und Knistern. Finnley taucht plötzlich neben Emma auf. »Es g-gibt einfach keine Hinweise mehr. Nicht die k-kleinste Sp-Spur«, sagt er und macht eine kleine Pause, bevor er weiterspricht. »Es ist viel zu d-dunkel. Sie k-könnten überall s-sein.«

Emma fasst sich an die Stirn. »So kommen wir nicht weiter.« Sie fixiert einen Punkt im Wald. »Wir teilen uns auf«, sagt sie schließlich. »Lucas?« Sie ruft seinen Namen merkwürdig laut, noch bevor sie sich ihm überhaupt zugewandt hat. Er kommt ein paar Schritte auf Emma zu. Sie hat die Hand am Schwertgriff liegen und mustert ihn aufmerksam. Etwas Unausgesprochenes liegt zwischen den beiden, das fällt mir selbst mit dröhnendem Kopf auf.

»Du bildest eine Gruppe mit Callan, Sam und Estelle. Ihr zieht in das Waldgebiet Richtung Südwesten.«

Lucas erwidert nichts, er sieht nur einmal flüchtig in Sams Richtung, die immer noch neben mir kniet und eine Hand an meiner Schulter hat.

»Finnley, du gehst zusammen mit Melvin, Nora und Liv nach Südosten.«

Finnley nickt einmal, langsam und deutlich.

»Ich gehe zurück und hole Verstärkung«, fährt Emma fort, und so aufrecht, wie sie dasteht, zweifle ich nicht daran, dass sie es im Notfall allein mit sechs Schülern aufnehmen könnte. »Beeilen wir uns. Wenn wir sie noch kriegen wollen, dann in dieser Nacht.« Sie wirft einen letzten Blick in die Runde. »Wir müssen sie aufhalten«, sagt sie – und dann nach einer weiteren kurzen Pause: »Alles ist erlaubt.«

18

Lavis. Wald.

Sam hilft mir auf, und Lucas sieht ungeduldig zu. Meine Haare verfangen sich in einem Zweig. Mit zittrigen Fingern nestele ich daran herum, bis ich sie freibekomme. Lucas seufzt. Er ist der Letzte im Zirkel, mit dem ich in eine Gruppe eingeteilt werden wollte.

Mir ist immer noch schwindelig, und die Schmerzen in meinem Kopf sind bestialisch, aber ich darf jetzt nicht aufgeben. Ich muss abhauen, bevor wir die Geflohenen finden.

Schweigend gehen wir hintereinander her. Die Stimmung ist zum Zerreißen gespannt, und ich fühle mich wie ein lästiges Anhängsel, das Lucas am liebsten sofort loswerden würde. Viel lieber hätte ich Melvin in meiner Gruppe. Noch viel lieber hätte ich überhaupt keinen in meiner Gruppe und wäre schon tausend Schritte auf der Flucht.

Callans Bewegungen sind entschlossen, doch selbst er lässt Lucas vorangehen.

Ich stolpere über eine Wurzel, Sam versucht mich zu stützen, sie merkt wohl, wie kraftlos ich mich fühle.

Lucas seufzt erneut absichtlich laut und dreht sich genervt um.

»Sie kann nichts dafür«, sagt Sam und funkelt ihn wütend an.

Immer weiter laufen wir durch die Dunkelheit.

Wie soll ich es nur schaffen, wegzurennen, die anderen abzuhängen?

Irgendetwas flattert im Schwarz. Ich sehe auf, aber da sind nur die Baumkronen, die sich leise im Wind bewegen.

Dann schreiten wir unter einem seltsam gebogenen Baumstamm hindurch. Es scheint, als habe ihn etwas Großes umgeworfen. Ich könnte schwören, dass er genauso aussieht wie der Baum, den wir ganz am Anfang gesehen haben, direkt vor dem Ausgang der Katakomben. Nur der Ausgang ist nicht mehr da.

Irgendwann fange ich an, meine Schritte zu zählen, und versuche, mir umgefallene Bäume einzuprägen. Aber es ist aussichtslos, alles sieht gleich aus.

Wie riesige, krallenartige Finger greifen die Äste in unseren Weg. Mein Unbehagen steigt, *wir dürfen hier nicht sein*. Instinktiv gehen mir diese Worte durch den Kopf. *Wir dürfen hier nicht sein.* Während wir uns immer tiefer in das Innere des Waldes vorarbeiten, kann ich das Gefühl nicht abschütteln, dass wir Eindringlinge sind. Dass der Wald gegen uns arbeitet, dass jeder Schritt ein falscher sein könnte.

Es geht einen steilen Hang bergab. Ich suche nach Zweigen, an denen ich mich festhalten kann, rutsche jedoch immer wieder weg.

Lucas flucht, als er mit dem Fuß in einen Haufen totes Laub einsinkt.

»Hier«, Callan will ihm aufhelfen, aber Lucas schlägt seine Hand weg. Er schnaubt und befreit sich allein. Dann schüttelt er die Laubreste von seiner Kleidung.

In meinem Kopf arbeitet es fieberhaft. Wie soll ich mich nur unbemerkt von dieser kleinen Gruppe absetzen?

Verdammt. Irgendwann wird es hell werden, und irgendwann wird uns die Müdigkeit einholen. Ich sehe mich um, vielleicht entdecke ich irgendwo ein geeignetes Versteck. Aber da sind nur Bäume. Nichts als Bäume.

Hinter mir ein Rascheln, ein Knacken. Was lauert hier im Wald, wenn sich selbst die Jäger nicht so tief hineinwagen? Ständig habe ich das Gefühl, dass sich etwas zwischen den Bäumen bewegt, oder sind es nur die Schatten, die meine eigene Fackel wirft? Ein Ast streift meine Schulter. Ich halte das nicht mehr aus.

Was, wenn der Fremde aus meinem Traum ganz in der Nähe ist? Die Wälder von Noctuán und Lavis grenzen direkt aneinander. Was, wenn er plötzlich hier auftaucht? Und mit einem Mal spüre ich wieder die Hitze, sehe die lodernden Flammen und die schreienden Männer. Auch sie waren in einem Wald.

Was, wenn ich diese seltsamen Bilder aus einem bestimmten Grund sehen soll? Wenn Lucas uns schon die ganze Zeit, ohne es zu wissen, genau dorthin führt?

Fest presse ich beide Hände gegen meine Schläfen, drücke mit all meiner Kraft dagegen, als könnte ich damit dieses komische Gefühl loswerden.

Und plötzlich höre ich wieder etwas. Langsam bin ich fast sicher, dass uns jemand verfolgt.

Ich bleibe stehen und warte, bis Sam zu mir aufgeschlossen hat.

»Was ist los?« Sie sieht mich besorgt an.

»Ich glaube, jemand ist hinter uns«, flüstere ich, und jetzt schüttelt es mich heftig, weil der Schweiß an meinem Rücken kalt geworden ist. Ich friere.

Sam reibt mir beide Arme. »Hier kann alles Mögliche lauern.«

»Du glaubst mir nicht.« Es ist mehr eine Feststellung als eine Frage.

Sie stößt laut Luft aus. »Es ist nur«, sie hebt einmal die Hände und lässt sie dann wieder fallen, sucht nach den richtigen Worten, »hier knacken ständig irgendwelche Äste unter den Füßen, und du bist eben noch benommen wegen vorhin, das ist schon in Ordnung.«

Ich schiebe ihre Hände von meinen Armen. »Ich versteh schon«, sage ich und schließe dann wieder zu den anderen auf, achte nicht mehr darauf, was sie noch murmelt.

Ich versteh schon.

Auch Sam scheint mich mittlerweile für vollkommen verrückt zu halten. Vermutlich tun das alle.

Aber da ist es wieder, das Geräusch, jetzt ganz deutlich. Ein Rascheln, wie eine Bewegung hinter einem Baum.

»Hier!«, rufe ich, und alle drehen sich zu mir um, dann folgt ihr Blick der Richtung, in die mein Finger zeigt. Lucas hat blitzschnell sein Schwert gezogen, auch Callan hat eine Hand fest am Griff der Waffe.

In Angriffshaltung stehen wir dem Dunkel gegenüber und starren diesen einen Baum an. Er ist groß, und er trägt keine Blätter. Seine nackten Äste tasten nach dem Himmel.

Aber es bewegt sich nichts mehr. Kein Geräusch, keine Bewegung, nicht einmal der Wind.

»Wenn du das nächste Mal Alarm schlägst, dann nur, wenn es auch einen Grund dafür gibt!« Lucas sieht mich genervt an.

»Ich war mir sicher, dass da jemand war«, antworte ich schwach.

Lucas will schon die nächsten scharfen Worte in meine Richtung abfeuern, aber Callan kommt ihm zuvor. »Schon in Ordnung«, sagt er. »Es ist nicht falsch, wachsam zu sein.« Langsam löst er die verkrampften Finger wieder vom Griff seiner Waffe. »Wir sind schon seit Stunden unterwegs, vielleicht sollten wir alle kurz durchatmen.«

»Wir machen keine Pause!«, sagt Lucas und wischt sich einmal über den Handrücken. »Wir gehen weiter.«

»Wer hat dich eigentlich zum Anführer bestimmt?« Sam steht plötzlich neben mir, herausfordernd sieht sie Lucas an.

»Ich mich selbst«, antwortet er. »Oder hast du etwa einen besseren Vorschlag?«

»Einige«, sagt Sam, doch bevor sie weitersprechen kann, schaltet Callan sich wieder ein: »Das bringt doch nichts.« Er stellt sich wie ein Schild zwischen die beiden. Für ein paar Augenblicke bleiben wir so stehen.

Lucas hat eines seiner Schwerter immer noch fest umschlossen. Ich fürchte, dass er es so schnell auch nicht mehr loslassen wird, und dann stapft er einfach los.

Wortlos folgen wir ihm.

Nichts hat sich verändert.

Ich weiß nicht, wie ich diese Nacht überstehen soll. Ich kann weder das Gefühl abschütteln, dass wir verfolgt werden, noch kann ich mich von den Bildern des Fremden lösen. Seine Silhouette vor dem Wald. Ich habe Angst, er könnte plötzlich vor mir stehen, wenn ich vom Waldboden aufsehe. Ganz nah vor mir stehen und mich anschauen. Sein Blick lauert auf mir, dabei kann ich nicht mal mehr sagen, welche Farbe diese Augen haben.

19

Lavis. Wald.

Meine Beine scheinen nicht mehr zu meinem Körper zu gehören. Mein Arm fühlt sich mit der Fackel in der Hand wie eingerostet an. Mein Hals kratzt und brennt.

Immer noch keine Spur von Aron und den anderen. Auch von Finnleys Gruppe ist nichts zu hören. Als wären wir die einzigen Menschen in diesem Wald.

Ich hatte gehofft, Lucas, Sam und Callan würden irgendwann unaufmerksam werden, aber wir gehen immer noch zu dicht beieinander. Ich warte auf einen passenden Moment, suche den Wald nach Verstecken ab. Ich sage mir *jetzt*, und dann dreht sich Callan um. Ich sage mir *jetzt*, und dann ist dort wieder eine lichtere Stelle im Wald, wo ich mich nicht schnell genug verbergen könnte. Das Risiko ist einfach zu groß.

Da ist ein neues Geräusch. Ein stetiges Rauschen. Nicht wie vom Wind, sondern ein tieferes, ständiges Rauschen, eines, das aus der Erde kommt. Je weiter wir geradeaus gehen, desto deutlicher kann ich es hören.

Auch der Wald hat sich verändert. Der Weg ist steiniger, die

Luft feuchter, mehr und mehr Efeu wuchert an den Baumrinden entlang. So viel Efeu, als wolle er die Bäume auffressen.

»Der Fluss!«, ruft Lucas plötzlich. »Ich kann ihn sehen.«

»Der Fluss?« Ich blicke misstrauisch zu Sam. »Müsste der nicht auf der anderen Seite des Waldes sein?«

Sie lacht verzweifelt. »Wahrscheinlich haben wir die Orientierung völlig verloren.«

Lucas wartet auf uns. Er hat das Schwert mit der Spitze in den lehmigen Boden gerammt und stützt sich mit dem Ellenbogen auf dem Knauf ab.

Vor ihm machen wir halt.

Jetzt ist es ganz laut. Rauschendes Wasser.

Das Blätterdach hat sich etwas gelichtet, und der Mond wirft seinen Schimmer auf uns herab.

Sam stützt die Hände in die Hüften und blickt den Fluss hinab. Ich stelle mich neben sie. Das Ufer liegt etwa sechs oder sieben Schritte unter uns, wir sind an der Kante einer steilen Felswand angelangt. Man kann von hier unmöglich hinunterklettern.

Das strömende Wasser jagt wie eine schwere, schwarze Masse durch das Flussbett. Wenn ich jetzt hineinspringen würde, würde die Strömung mich mitreißen, mich mit der Masse verschmelzen, bevor ich wieder Luft holen könnte.

Meine Beine sind so schwer, dass sie mich kaum noch tragen. Ich sinke zu Boden, stütze meinen dröhnenden Kopf an einem Baum ab.

Der Fluss Leto führt quer durch das ganze Königreich. Er teilt sich vor dem Wald in zwei weitere, schmalere Flussarme.

Aber vielleicht ist dieser dunkle, donnernde Fluss gar nicht der Leto, sondern ein anderer, ein unbekannter Fluss. Aber wer weiß schon, wo wir hingelaufen sind?

»Ich sehe nach, ob es einen anderen Weg gibt, den die Geflohenen genommen haben könnten. Allein bin ich schneller«, sagt Sam. »Ihr beide kümmert euch um Estelle.« Sie schwingt ihre Fackel einmal von Lucas zu Callan und dann wieder von mir zu den beiden.

»Ist gut«, sagt Callan. »Beeil dich.«

Sam läuft davon. Lucas steuert auf den Baum zu, an dem ich lehne, und knallt seine Schwerter gegen den Stamm. Er lässt sich auf den Boden plumpsen. Warten zählt bestimmt nicht zu seinen Stärken.

Er nimmt mir die Fackel aus der Hand und steckt sie zusammen mit seiner vor uns in den Boden. Jetzt erst überfällt die Erschöpfung mich so richtig, dafür mit einer solchen Intensität, dass ich fürchte, mich bis Tagesanbruch nicht mehr regen zu können.

Auch Callan setzt sich. Aber ich kann mir vorstellen, dass er sich nicht zurücklehnt, dass er die Augen die ganze Zeit auf den dunklen Wald gerichtet hat.

Von hinten kann uns niemand angreifen, da gibt es nur das rauschende Wasser und den Abhang.

Ich versuche, die Augen offen zu halten, aber sie brennen so fürchterlich, dass ich sie kurz schließen muss. Als ich sie wieder öffne, ist es schon ein bisschen besser.

Eine Armee aus Blumen hat sich auf dem Waldboden verteilt. Im Schein des Feuers kann ich erkennen, dass sie rot sind.

So knallrot, als hätte sie jemand mit Farbe direkt auf das Moos gepinselt. Eine Farbe, die eigentlich nicht in diesen schwarzen Wald passt.

Eine von ihnen ragt direkt neben mir aus der Erde, fächerartige Blüten mit weißen Staubfäden in der Mitte. Ich erkenne sie wieder. Es sind die Blumen der Haremszeremonie. Bei der Auswahl haben sie den Kranz geziert, den ich mir ins Haar stecken musste.

Damals mit Leo am Fluss habe ich sie auch gesehen. Leuchtende Punkte am Wasser.

Ich stelle mir vor, wie es wäre.

Wenn ich Leo jetzt wiedersehen würde. Wenn er dastehen würde. Jetzt hier aus dem Schwarz zwischen den Baumstämmen treten würde. Wie er auf mich zukäme. Wie schön er wäre.

Zuerst schmunzelt er, dann wirft er kurz einen Blick auf den Boden, dann wieder auf mich, er sieht nur mich.

Ich gehe auf ihn zu, lege meinen Kopf an seine Brust, und er umschließt mich mit seinen Armen. Er wird genauso riechen, wie ich es in Erinnerung habe.

Wie es wäre, wenn er dann mit den Händen mein Kinn hebt, sodass ich ihm in die Augen sehe, und er sagt, dass ich nicht weinen brauche, dass jetzt alles wieder gut ist. Ich nicke, versuche etwas zu sagen, aber er würde mich küssen. Ich könnte endlich wieder seine Lippen spüren. Und der Rest der Welt wäre egal.

Bei ihm bin ich einfach nur bei ihm. Sonst nichts.

»Ich glaube, ich muss mich bei dir entschuldigen.«

Lucas reißt mich aus meinen Träumen. »Damals beim Bogenschießen«, sagt er auf seiner Seite des Baumes. »Ich musste an dem Tag Noel wieder wegen dem Zirkel anlügen. Und dann bist du eh schon gereizt, und dann behandelst du die anderen eben so, als wäre das ihre Schuld. Aber das war auf jeden Fall nicht in Ordnung.«

Jetzt dreht er den Kopf zu mir, um mir für einen kleinen Moment fest in die Augen zu sehen. »Tut mir leid.«

Ich würde ihm gern die Hand auf die Schulter legen, aber er sitzt zu weit weg, und wahrscheinlich hätte ich es auch so lieber gelassen. »Schon okay«, sage ich schließlich. »Ist schon vergessen.«

Er rupft einen Grashalm aus dem Boden und zupft ihn mit den Fingern in immer kleinere Teile. Auch wenn Lucas und ich gewiss nie Freunde werden, freue ich mich dennoch über dieses kleine Friedensangebot.

»Ich glaube dir jetzt übrigens.« Sein Blick ist wieder in die Ferne gerichtet.

»Was glaubst du mir?«

»Ich hatte am Ende auch das Gefühl, dass uns jemand folgt«, sagt er und rupft diesmal ein ganzes Büschel Gras aus. Erdklumpen fallen von den Wurzeln zurück auf den Boden. »Aber ich denke, wir haben ihn jetzt abgehängt.«

Ich räuspere mich, mein Hals ist immer noch trocken.

Ich wäre mir da nicht so sicher.

Ich habe nicht einmal richtig bemerkt, dass ich eingeschlafen bin. Ich war nicht lange weg, Lucas' ständige Unruhe hat mich wieder wach gemacht. Immer noch rupft er Gras aus. In immer kürzeren Abständen.

Ich will mich aufrichten, aber es geht nicht. Mein Fuß ist eingeklemmt. Ich sehe an mir hinunter. Wurzeln haben sich wie Fesseln um meinen Knöchel geschlungen.

Und meine Arme. Sie sind mit Flechten bedeckt. Wie ein grünes Netz haben sie sich über meine Haut geschlängelt. Kalte, feuchte Flechten, die sich wie Blutegel an mich gesaugt haben.

Ich keuche. Mein Atem geht stoßweise. Überall Moos, das meine Schuhe bedeckt. Hektisch streiche ich es weg. Schüttle es von mir wie eklige Spinnen.

»Was ist los?« Lucas und Callan drehen sich zu mir.

»Nichts«, sage ich. »Alles gut.« Ich sehe sie an und versuche dabei, dem Drang zu widerstehen, die letzten Flechtenreste von meinen Armen zu schütteln. Sie kitzeln mich auf der Haut, aber den beiden fällt das womöglich gar nicht auf, denn sie richten ihre Blicke wieder nach vorn.

Was, wenn sie es nicht gesehen haben, weil es eigentlich gar nicht da ist?

Aber ich kann die Pflanzenreste zwischen meine Finger nehmen, sie zu kleinen Krümeln zerreiben. Ich kann sie fühlen, sie sind echt. Sie sind da.

Ich kann mir das nicht einbilden.

»Das dauert zu lang!« Lucas ist wieder auf den Beinen. Er sieht wütend aus, seine Nasenflügel blähen sich auf. »Ich suche den Fluss in die andere Richtung ab.«

Auch Callan steht plötzlich auf, stellt sich dicht vor Lucas. »Das wirst du nicht.«

»Es ist mir egal, was du sagst«, feuert Lucas zurück. »Ich werde hier nicht die ganze Zeit nur dumm rumsitzen.«

»Wir sind ein Team«, sagt Callan und bewegt sich kein Stück. »Unsere Aufgabe ist es, das Internat nicht in Schwierigkeiten zu bringen und –«

Plötzlich ein gellendes Schreien. So schreit man nur, wenn etwas ganz Schreckliches passiert ist. Wir sehen uns alarmiert an.

Sam!

20

Lavis. Wald.

Wie von selbst finden die Schwerter und Fackeln wieder in unsere Hände. Wir rennen los.

Zweige peitschen mir ins Gesicht. Kalte Luft strömt scharf durch meine Lungen. Ich gleite aus, stolpere über eine Wurzel, fange mich im letzten Moment und renne weiter, die Angst dicht an meinen Fersen. Ich hetze vorwärts, mein Hemd verfängt sich irgendwo, würgt mich. Ich zerre daran, um mich frei zu bekommen, nestele panisch am Stoff. Ich reiße einmal kräftig am Hemd und renne weiter.

Gleich habe ich Callan eingeholt. Ich höre Kampfgeschrei, das Klirren der Schwerter und Stimmen.

Halte durch, Sam!

Jetzt kann ich sie sehen. Auf einer Lichtung, die von mehreren Fackeln im Boden umkreist ist, kämpft Sam gegen die anderen. Drei von ihnen haben sie in die Enge gedrängt. Timeon, Felicity und die Begrabene. Irgendwer liegt bereits gekrümmt am Boden und hält sich die Seite, ich glaube, es ist Valerie.

Callan stürzt sich sofort ins Geschehen, mit schnellen Hieben drängt er Felicity von Sam ab. Ich werfe einen panischen Blick nach rechts und dann nach links.

Wo zum Henker ist Lucas? Wo ist Lucas hin?

Ich drehe mich um, das Licht seiner Fackel ist verschwunden.

Wir brauchen Verstärkung. Wenn die Geflohenen mich erkennen, werden sie gnadenlos auf mich einschlagen.

Ich bleibe in der Deckung und presse mich dicht hinter einen Baum. Die Fackel lasse ich fallen, das Mondlicht ist hier hell genug. Dann ziehe ich einen Pfeil aus dem Köcher.

Anvisieren, spannen, zielen und lösen.

Ich darf jetzt nur an Sam denken und muss den Rest ausblenden. Aber alles, was ich spüre, ist das Pochen. Ich schieße den ersten Pfeil ab. Er bleibt in einem der Bäume stecken. *Verdammt!*

Am liebsten würde ich schreien. Warum bin ich nicht mehr ich selbst?

Meine Ziele verschwimmen. Die anderen sind nur noch undeutliche Gestalten. Ich spüre es wieder wie im Gedankenunterricht, als würde etwas in meinen Kopf hineinströmen.

Auch der nächste Pfeil geht daneben.

Gleich werden die Bilder kommen. Gleich werde ich den Fremden sehen. Ich halte mir die Stirn.

Reiß dich zusammen, Estelle!

Ich will einen nächsten Pfeil abschießen, da höre ich etwas hinter mir durchs Holz brechen. Ich fahre herum, und eine Streitaxt kommt auf mich zu. Eine schwere, gewaltige Klinge.

Marcus brüllt. Sein Gesicht ist eine wutentbrannte Fratze und erinnert mich an die Männer, die gegen den Fremden gekämpft haben. Auch sie hatten diesen Blutdurst in den Augen.

Ich weiche zurück und kann den Hieb im letzten Augenblick mit dem Bogen zur Seite abfälschen. Aber die Wucht des Schlags wirft mich zu Boden.

Steine bohren sich beim Aufprall spitz in meinen Rücken. Ich rolle mich schnell zur Seite, da reißt mich etwas zurück, Marcus hat das Band meines Köchers zu fassen bekommen.

Ich versuche, es von mir zu ziehen, aber er ist stärker. Das Band schneidet so fest in meine Schulter, dass es die Haut aufreibt.

Dann bekomme ich die Schnalle zu fassen und schaffe es, sie zu lösen. Der Druck lässt nach, und das Band löst sich von meinem Körper.

Marcus rappelt sich auf und tritt einmal kräftig mit dem Fuß auf den Lederköcher. Ein kurzes Krachen, und meine Pfeile sind dahin.

Der Schreck sitzt mir in den Gliedern. Was soll ich ohne sie machen?

Marcus setzt zum Schlag an, da reagiere ich.

Ich ramme ihm meinen Bogen in die Weichteile.

Er reißt die Augen weit auf, den Mund ebenfalls, erst dann entfährt ihm ein Laut, ein schmerzerfülltes Stöhnen. Gekrümmt steht er da, schafft es dennoch, sich von mir zu lösen.

Beide haben wir die Waffen erhoben. Scharfes Metall starrt mich an. Der Bogen in meiner Hand kommt mir vor wie ein dünner Ast, den Marcus mühelos entzweiteilen kann.

Schwer atmend schauen wir uns an, warten auf den nächsten Zug.

Ohne Pfeile werde ich nicht weit kommen, aber mit meinem

Dolch wird Marcus nicht rechnen. Er denkt, er habe den Kampf bereits gewonnen, aber er irrt sich.

Er hat die Axt erneut zum Angriff erhoben. Ich ducke mich unter ihr hindurch und ziehe den Dolch hervor, steche ihn in seinen Oberschenkel und spüre, wie die Klinge im Fleisch versinkt.

Marcus stoppt in seiner Bewegung. Er schreit und fällt mit seiner Axt zu Boden. Die Klinge landet knapp neben mir in den Sträuchern. Noch bevor Marcus sich wieder aufrichten kann, verpasse ich ihm mit dem Ellenbogen einen kräftigen Schlag gegen die Schläfe.

Er liegt auf dem Waldboden, die Fasern der farblosen Leinenhose haben sich am Schenkel verfärbt.

Ich beiße einmal fest auf die Zähne und ziehe ihm den Dolch mit einem Ruck aus dem Bein. Er zittert in meinen Händen.

Die Welt steht still. Nur ich bin diejenige, die sich darin bewegt, deren Herz wie wild von innen gegen die Brust trommelt.

Er ist jetzt bewusstlos, sage ich mir, *von ihm geht keine Gefahr mehr aus.*

Letzte Blutstropfen perlen an der Klinge des Dolchs hinab. Sie sammeln sich an der Spitze, sind aber nicht schwer genug, um zur Erde zu tropfen. Sie fallen nicht. Noch nicht.

Von Lucas ist immer noch nichts zu sehen, aber von Sam dringen weiterhin Kampfgeräusche zu mir.

Ich drehe mich um. Die Begrabene liegt bereits am Boden, auch Timeon wird von Sam mehr und mehr in die Enge getrieben.

Callan und Felicity umkreisen sich. Felicity lauert, sie versucht ein paarmal einen Ausfallschritt, um einen Schlag anzutäuschen. Ihre Augen blitzen, sie ist sich ihrer Sache viel zu sicher, aber schließlich kann sie auch nicht ahnen, dass sie es mit einem Zirkelmitglied zu tun hat.

Mühelos pariert Callan ihre schnellen Hiebe und drängt sie immer weiter zurück. Es ist nur eine Frage der Zeit, bis er eine Lücke in ihrer Deckung findet.

Plötzlich bewegt sich Valerie, die hinter Callan am Boden liegt. Sie robbt ein Stück vorwärts. Mit der einen Hand hält sie sich die Rippen, und mit der anderen fasst sie nach ihrem Schwert. Sie wird Callan von hinten angreifen.

Ich umklammere meinen Dolch. »Callan, hinter dir!«, schreie ich.

Eben hat er Felicity entwaffnet, dann sieht er über die Schulter, in diesem Moment hat Valerie ihm schon die Klinge in die Wade gestochen. Und auch Felicity holt aus. Sie hat eine am Boden liegende Laterne ertastet, die sie ihm nun mit ihrer Linken frontal ins Gesicht rammt. Das Eisen trifft auf seine Nase. Ich höre das grausige Knacken bis hierher.

Callan stürzt zu Boden.

Es sind ungefähr sieben Schritte, die zwischen mir und Felicity liegen, und trotzdem glaube ich erkennen zu können, dass ein Lächeln um ihre Mundwinkel zuckt. »Jetzt bist du dran, Verräterin!«, ruft sie. Ohne auf den Boden zu schauen, macht sie einen großen Schritt über Callan hinweg.

Ich suche nach Marcus' Axt, finde sie in den kniehohen, dornenbesetzten Sträuchern. Sie ist noch warm am Griff und fühlt sich viel zu schwer in meinen Händen an.

Felicity stürmt auf mich zu. Ich halte die Luft an.

Keine einzige Übung in Favilla hat mich auf so etwas vorbereitet. Wenn es darauf ankommt, ist immer alles anders. Ich stehe fest mit den Füßen am Boden, mit aller Kraft werde ich versuchen, den Angriff abzuwehren.

Beidhändig holt sie über die rechte Schulter aus. Ich reiße gerade noch rechtzeitig die Axt hoch. Von der Wucht ihres Schwerthiebs taumele ich ein paar Schritte zurück. Ich spüre den Aufprall der Waffen in meinem ganzen Körper vibrieren, der Ton des Stahls summt in meinen Ohren nach.

Ihre Klinge saust sofort wieder auf mich zu, ich kann nur ein kleines Stück zur Seite weichen.

Zuerst spüre ich nichts. Zuerst habe ich nur gemerkt, dass etwas das Lederwams durchdringt. Dann kommt der Schmerz, wie tausend spitze Dornen, die an meiner Haut reißen. Felicity hat mich erwischt. Ein kurzer Schnitt zwischen Bauch und Hüfte. Nicht tief, glaube ich, aber tief genug, um mich im Kampf zu beeinträchtigen.

Felicity entwaffnet mich mit dem nächsten Hieb. Die Axt fällt ins Gras.

Ich begreife, dass ich jetzt sterben muss.

Sie wird nicht davor zurückschrecken, mich mit dem Stahl zu durchbohren. Sie wird mich umbringen, genau wie die Wachen in Favilla.

Felicity schreit, und die Klinge saust erneut auf mich zu.

Schützend reiße ich die Arme vor meinen Kopf. Ich schließe die Augen.

Das also ist mein Ende.

21

Lavis. Wald.

Ich warte auf den Schmerz, aber er kommt nicht. Stattdessen fällt etwas Schweres auf mich. Ein gepresster Laut dringt aus meiner Kehle. Ich kriege kaum Luft.

Ich öffne die Augen. Felicitys schlaffer Körper liegt über meinem, ich habe einige ihrer Haare im Mund.

Ich schaue hoch. Über mir steht Sam. Langsam lässt sie ihren Schild sinken. Sam. Sie hat Felicity den Schild gegen den Kopf gestoßen. Ihr rundliches Gesicht sieht wie durch mich hindurch.

Ich schiebe Felicity von mir, sie rollt auf den Rücken, ihr Kopf kippt zur Seite weg.

Im Schein des Mondes kann ich eine Platzwunde erkennen, die sich über ihren Hinterkopf zieht. Zweigeteilte, aufklaffende Haut. Ein Riss, etwa so lang wie ein kleiner Finger. Dazwischen rot.

»Ist sie …« Ich rutsche zurück, rutsche immer weiter auf dem Waldboden von Felicitys Gesicht weg. »Ist sie tot?«

»Bewusstlos.« Sams Stimme ist hart, und jetzt sehe ich, dass Felicitys Brustkorb sich noch hebt und senkt.

»Kannst du aufstehen?« Sam streckt mir ihre Hand entgegen. Noch nie habe ich eine solche Leere in ihrem Gesicht gesehen. Laubreste hängen an ihrem Lederwams, auch an ihrem Arm klafft eine Wunde. Ich nehme ihre Hand. Ihre Finger sind glitschig.

Besorgt sieht sie sich den Schnitt an meinem Bauch an.

»Geht schon«, murmele ich. »Er ist nicht so tief.« Ich drücke ihre Hand. Eigentlich will ich sie gerade ganz fest in den Arm nehmen, aber ich habe Angst, ihre Wunde versehentlich zu berühren.

»Bei dir?«, frage ich stattdessen.

Sie will etwas sagen, da hören wir Callan stöhnen.

Er liegt noch immer dort, wo Felicity ihn mit der Laterne niedergeschlagen hat. Ich will es nicht wissen, ich möchte lieber nicht in sein Gesicht schauen. Ich habe schon zu viel gesehen. Mehr Blut ertrage ich nicht.

Sam hastet zu ihm.

Ich halte inne und sehe mich noch einmal um.

Felicity liegt hinter mir, Marcus rechts. Etwas weiter vorn kann ich die schlaffen Gestalten von Timeon, der Begrabenen und Valerie ausmachen. Die ersten beiden bewegen sich nicht mehr, aber ich glaube, ich kann Valerie leise wimmern hören.

Keine Trainingseinheit, keine Strohpuppen oder stumpfen Klingen. Nichts Unechtes.

Dennoch ist die Zeit wie eingefroren. Das Pochen in meinem Kopf hat mich betäubt.

Sam hat sich über Callan gebeugt und seinen Kopf in ihre Hände gebettet. Sie streicht ihm die Haare aus dem Gesicht und redet auf ihn ein. Irgendwelche Worte, die ihn beruhigen sollen, das kann sie gut, das weiß ich.

Und plötzlich begreife ich: Das hier ist meine Chance. Vielleicht die einzige Chance.

Wenn es etwas gibt, was ich gut kann, dann ist es, mich wegzuschleichen. Keine Verletzung wird mich davon abhalten, kein Jonathan, der in der Krankenstation auf und ab geht, kein Pochen in meinem Kopf.

Endlich. Weg von Favilla.

Leo, ich fliehe nun und werde dich jetzt wiederfinden.

»Sam, ich sichere die Lage«, rufe ich.

Sie schaut nur einmal schnell über die Schulter und nickt.

Ich versuche, mir ihr Gesicht einzuprägen. Ihre Züge, die mir so vertraut vorkommen. Nie werde ich sie vergessen.

Zwei Schritte vor mir liegt einer meiner Pfeile auf dem Waldboden. Er ist nicht zerbrochen. Ich hebe ihn auf und klammere meine Finger fest um den Holzschaft. Der Wald ist dunkel und weit. Ich werde ihn bestimmt brauchen.

Auf einmal höre ich etwas weit aus der Ferne. Waren es Rufe? Sind Finnley, Melvin und der Rest der Gruppe längst auf dem Weg hierher? Weg. Ich muss sofort weg.

Es tut mir leid, Sam.

Ich gehe auf das dichtere Unterholz in einer Senke zu, werde schon schneller, doch weil ich nicht anders kann, drehe ich mich ein letztes Mal zu Sam um.

Und dann sehe ich da etwas. Und alles in mir zieht sich zusammen. Als würde jemand mit der bloßen Faust durch mich hindurchfassen und mein Herz zerquetschen.

Blasses Gesicht. Eisige Augen. Langer, dünner Hals.

Aron!

Er steht direkt hinter Sam. Ich will schreien, aber ich bin nicht schnell genug, und er schlägt Sam mit dem Knauf seines Schwerts gegen den Hinterkopf. Sam fällt lautlos über Callan.

Aron hält sein Schwert mit beiden Händen umklammert, gleich wird er es ihr in den Rücken stoßen. Wenn ich nicht sofort etwas unternehme, ist alles zu spät.

Ein einziger Moment, der jetzt über mein ganzes Leben entscheidet. Meine Gedanken überschlagen sich.

Favilla hat mich krank gemacht. Krank im Kopf und auch in mir drin. Als wäre dort etwas gestorben, als hätte die Sehnsucht mit der Zeit ein Loch in mich hineingefressen.

Ich schaue hinter mich: die dunklen Bäume, meine Chance, ein neues Leben zu beginnen. Meine Chance, weg zu sein, bevor Finnleys Gruppe uns erreicht hat.

Ich schaue wieder zu Sam: meine Chance, ein Leben zu retten.

Wenn ich einmal eine Entscheidung getroffen habe, dann gibt es kein Zurück mehr.

Der Pfeil liegt zwischen meinen Fingern. Es ist ganz einfach.

Alles, was ich will, ist Leo.

Ich hebe den Bogen vom Boden auf und spanne ihn.

Ich habe Aron im Visier. Ich werde mir das nie verzeihen.

Meine Finger zittern, ich fürchte, dass sie jeden Moment von der Pfeilnocke abrutschen.

Nebel strömt in meinen Kopf.

Ich habe Angst. Irgendwann werden die Träume überhandnehmen. Der Nebel wird mich aus meinem Kopf drängen.

Aber noch bin ich da, noch hat er sich nicht vollständig in meinem Kopf ausgebreitet, und ich kämpfe.

Ich greife den Bogen fester. Konzentriere mich auf die Wirklichkeit, auf das Holz in meinen Händen und auf Aron.

Ich habe die Kontrolle, sage ich mir. Ich allein entscheide, wo der Pfeil landet. Und er soll in Aron landen.

Es gibt nur mich und die Sehne an meinem Kinn, die Pfeilnocken an meinen Fingern und das Ziel.

Kein Pochen, kein Zittern, kein Aufhalten.

Ich bin nicht verrückt.

Atmen. Und Schuss.

Meine Augen folgen dem Pfeil, mein Herz setzt einen Schlag aus.

Ich treffe. Die Eisenspitze bohrt sich in seinen linken Arm, ich konnte einfach nicht auf den Kopf zielen. Er schreit auf. Durch den Aufprall verliert er das Gleichgewicht und taumelt nach hinten.

Nur ein kleiner Seitenblick auf Sam reicht, und in mir bricht etwas hervor. Eine plötzliche Kraft, von der mir nicht klar war, dass ich sie besitze. Vielleicht ist das der innere Punkt.

Ich renne auf Aron zu. Er versucht, den Pfeil aus seinem Arm zu ziehen, aber er bricht ab und bleibt mit der Spitze in seinem Oberarm stecken. Aron flucht.

Fast habe ich ihn erreicht. Komme, was wolle, er darf diesen Kampf nicht gewinnen. Dann war alles umsonst.

»Du Verräterin!«, brüllt er.

Er keucht und gerät einmal ins Wanken, aber trotzdem schlägt er mir mühelos den Bogen aus der Hand.

Einen Moment zögern wir und stehen uns gegenüber. Er wischt sich die braunen Haare mit dem rechten Unterarm aus dem Gesicht, in der linken Hand hält er das Schwert. Seine Augen blitzen.

Wir tänzeln im Kreis, messen uns mit Blicken. Ich halte meinen Dolch fest umklammert. Und plötzlich kommt mir das alles so bekannt vor. Nur weiß Aron jetzt, wie ich kämpfe, und ich habe immer noch keinen blassen Schimmer davon, wie er in Wirklichkeit zuschlägt.

Bloß nie wegsehen. Immer den Augenkontakt halten. Nur daran werde ich schnell genug erkennen, wann er den Angriff startet. Kalter Schweiß rinnt meinen Rücken hinab. Ich zwinge mich zur Ruhe.

Er holt aus und schlägt zu. Dem ersten Hieb kann ich ausweichen. Er schwingt das Schwert ein zweites und dann ein drittes Mal. Lange werde ich das nicht durchhalten. Ich muss versuchen, den Kampf so schnell wie möglich zu beenden.

Eine Furche legt sich zwischen Arons Brauen, die Nasenflügel beben, seine Augen sind enge Schlitze. Und es ist noch mal ein ganz anderer Blick als damals in der Großen Halle. Er ist real, und er ist voller Wut.

Beim vierten Schlag holt er so weit aus, dass ich genau diesen Moment nutze.

Ich ducke mich, rolle auf dem Boden zur Seite, um ihm dann mit einem schnellen Stich den Dolch durch den Schuh zu stechen. Ein Schrei entfährt ihm.

Bevor ich mich aufrappeln kann, schafft er es, mir sein Knie gegen den Kopf zu rammen, und ich werde zu Boden geschmettert. Mein Kinn schlägt auf einer hervorstehenden Wurzel auf. Ein dumpfer Schmerz betäubt meinen Kiefer.

Alles dreht sich. Ich sehe nur noch Punkte vor meinen Augen aufblitzen. Bunte Punkte, die auf einer schwarzen Fläche tanzen. Einige davon sind gelbe, aufblinkende Kreise, andere sind grüne oder blaue Zickzacklinien. Eine unruhige Dunkelheit.

Als ich die Augen wieder öffne, verschwindet dieses Durcheinander nicht. Diesmal sind es Arons Umrisse, die vor meinen Augen tanzen, und dahinter irgendwo die roten Blumen vom Fluss.

»Du verdammte Verräterin! Du hast alles versaut!« Er beugt sich tief zu mir herunter und packt mich an meinen Haaren. Dieser Schmerz ist noch viel fieser als alle anderen zuvor. Ein fürchterliches Reißen. Millionen spitze Nadeln. Ich will nur noch, dass es aufhört.

»Du hast uns beinahe umgebracht!« Und jetzt fuchtelt er mit der anderen Hand und der Spitze seines Schwerts ganz dicht vor meinem Gesicht herum. »Was denkst du?«, fragt er. »So ein paar Narben würden einem schönen Mädchen wie dir doch ganz gut stehen.«

Der Stahl streift über meine Wange, noch schneidet er nicht ein, aber der Schmerz an den Haaren übertrifft ohnehin jedes andere Gefühl. Es ist, als wolle mir jemand die Kopfhaut abziehen.

»Damals habe ich dich gewinnen lassen, aber diesmal wirst du winseln müssen«, schreit er.

Ich will etwas erwidern, aber ich kann nicht sprechen. Tränen schießen mir in die Augen.

»Was, glaubst du, hätten die mit uns gemacht?«, fragt er, lässt sein Schwert kurz sinken und kommt mit seinem Gesicht viel zu dicht an meines. Ich muss an die Kerker denken und das Kreischen der Verräter. Ich weiß nicht, was Jonathan tun würde.

Ich versuche, nach dem Dolch zu tasten, aber er steckt nicht mehr in Arons Fuß, er muss hier irgendwo liegen. Doch ich fühle nur Moos und Erde.

»Wer weiß, was mit den Schülern passiert, die verschwinden«, sagt er mit zusammengepressten Zähnen. »Vielleicht genau das, was mit dir gleich passieren wird. Genau das, was passiert, wenn man sein Wort nicht hält und seine Freunde verrät.«

Und jetzt finden meine Finger einen Stein. Ich schlage ihn, so fest ich kann, gegen seine Schläfe.

Arons Augen sind blicklos aufgerissen, er keucht und sackt auf die Knie. Das Schwert lässt er fallen.

Ich raffe mich auf. Dann stehe ich direkt über ihm. Ich sehe auf ihn hinab. Auf seine dünnen, braunen Haare.

Du hast die Wachen kaltblütig aus dem Hinterhalt erstochen und wolltest Sam dein Schwert in den Rücken rammen.

Ich tue es. Ich nehme seinen Kopf zwischen die Hände und schlage seine Schläfe gegen mein Knie. Ein dumpfes Geräusch. Mit dem Fuß stoße ich ihn zurück, er fällt mit dem Rücken auf den Boden. Den rechten Arm hält er von sich gestreckt, in seinen Fingern ein Büschel meiner roten Haare.

Ein Klopfen in meinem Knie, ein Rauschen in meinen Ohren, der Wald hört nicht auf, sich zu drehen.

Ich kann den Blick einfach nicht von dem Büschel in seiner Hand abwenden.

22

Lavis. Wald.

Stimmen hinter mir. Finnley ist plötzlich da und dreht Sams Körper auf die Seite. Blut an ihrem Arm. Sie blinzelt und sagt irgendetwas.

Ich nehme alles nur wie durch einen Schleier wahr.

Lucas' Name fällt ein paarmal.

Nora fühlt Callans Puls, sieht dann über die Schulter und nickt Finnley zu, der bringt ihr einen Ledergürtel, und Nora bindet damit die Wunde an seiner Wade ab. Sie schiebt einen Ast in die Lederschlaufe und dreht zu, um die Blutung zu stillen.

Melvin drückt einen Stofffetzen auf den Schnitt an meinem Bauch. Er spricht mit mir, aber ich kann ihn nicht hören. Die Bäume drehen sich um mich, mein Kopf explodiert gleich. Was, wenn einer zu sich kommt? Aron oder Felicity … wenn einer von ihnen die Wahrheit sagt? Wenn sie reden, bin ich erledigt!

»Alles gut.« Melvin klatscht mir einmal leicht auf die Wange. »Du kannst jetzt wieder Luft holen.«

Ich schüttle den Kopf. Nichts ist gut, verdammt. Melvin sieht sich immer noch den Schnitt an. Ein stechender Schmerz, und ich ziehe scharf die Luft ein. Ich will jetzt nicht angefasst werden, will seine Hand da wegschieben. Wieder redet er auf mich ein, warum ist er nur so hartnäckig?

Dann steht Finnley vor uns, er spricht zur gesamten Gruppe. »Ihr g-geht z-zurück nach F-Favilla«, sagt er. »Ich k-kümmere m-mich um den Rest.«

Aber ich würde am liebsten einfach hier liegen bleiben. Für immer hier liegen bleiben. Umkippen und nicht mehr aufstehen. Nichts hat mehr einen Sinn.

Ein Arm legt sich um meine Hüfte. »Ich bringe sie zurück.«

»Am b-besten, ihr seid v-vor T-Tagesanbruch dort«, sagt Finnley. »Ich w-warte hier auf Emma und d-die anderen.«

Melvin murmelt etwas und schiebt mich dann vorwärts.

Irgendwo hinter mir ein Stöhnen. Ich drehe mich um, kurz flimmert Arons Gesicht vor meinen Augen auf. Ich blinzle.

Ich sehe wieder Finnley, ich glaube, er hat den Bogen gespannt.

Ich starre in eine der Fackeln. Wachs tropft auf die trichterförmige Eisenhalterung. Das Feuer flackert unruhig. Hin und wieder fliegt ein Funke nach oben, um sich sogleich in der Dunkelheit aufzulösen.

Eilig haben sie Callan in die Krankenstation getragen. Ich soll kurz warten, hat irgendwer gesagt, und genau dort lehne ich jetzt an der Wand.

Ich fixiere ganz lang irgendeinen Punkt im Feuer. Ich kann nicht anders. Ich denke kurz an gar nichts, nehme kein äußeres Geschehen wahr. Ich bin ganz leer. Nichts ist mehr übrig.

Ein Schatten fällt auf mich. Ich habe ihn gar nicht kommen sehen, erst als ich den Blick langsam von der Fackel löse, erkenne ich die große, breitschultrige Gestalt vor mir.

Noels Augen haben ein sehr warmes Braun, und das sogar, als er mich jetzt völlig entgeistert anstarrt. »Lucas!«, sagt er aufgebracht. »Ich bin aufgewacht, und er war nicht da.« Er macht noch einen Schritt auf mich zu, dann, als er das Blut an meinem Leinenhemd entdeckt, hält er inne. »Bist du verletzt? Was ist passiert?« Wahrscheinlich bemerkt er auch ein paar Schürfwunden, den Schlamm an meinen Stiefeln. »Du … du warst draußen?« Er zieht die Brauen zusammen.

»Lucas ist weg«, sage ich.

»Was?« Sein Gesicht ist wie eingefroren. »Was meinst du mit *weg*?«

»Noel … ich erklär dir später alles. Du solltest nicht hier sein.«

»Ist ihm etwas zugestoßen?« Er greift sich verzweifelt in die schwarzen Haare. Sieht hektisch umher und dann wieder genau in meine Augen. »Bitte, Estelle.«

»Es … ich …« Ich halte inne, als die Tür zur Krankenstation aufschwingt. Jonathan steht auf der Türschwelle. Er hat eine weiße Schürze umgebunden, die ihm fast bis über die Knie reicht. Sie hat rote Flecken, die frisch aussehen. Als hätte sie eben jemand mit flüssiger Farbe bespritzt.

»Wir müssen miteinander sprechen«, sagt er mit ruhiger Stimme, und ich bin froh, dass seine Augen Noel fixieren und nicht mich. Noel tritt einen Schritt vor.

Kalte Finger krabbeln meine Wirbelsäule hinab. Ich hatte fast vergessen, wie kalt es in diesen Gängen ist.

23

Favilla. Einzelzelle.

Ich werde mich nie an Rolands Stimme gewöhnen. Mit geschlossenen Augen sitze ich auf dem Holzstuhl, mein Magen fühlt sich von dem Kräutergeruch komisch an, und ich will mich kratzen. Der Schnitt an meinem Bauch juckt. Das ist ein gutes Zeichen, hat Jonathan gesagt, und nach ein paar Tagen völlig normal.

Ich tue so, als würde ich mich entspannen, aber die Gedanken wirbeln nur so durch meinen Kopf.

Ich denke daran, wie es sich angefühlt hat, als mein Dolch in Marcus' Oberschenkel eingesunken ist. Ich denke an den seltsamen Wald, das Rascheln im Unterholz und die Flechten um meine Arme. An die Kampfgeräusche. Wie Sam mir das Leben gerettet hat. Und ich denke an das Haarbüschel in Arons Hand.

Ich habe ihn nicht wiedergesehen. Keinen von ihnen. Ich weiß nicht, was mit ihnen geschehen ist.

Wir haben nicht mehr über die Nacht im Wald gesprochen. Niemand hat mir Fragen gestellt. Mein Verrat scheint unentdeckt geblieben zu sein.

»Entspannen!«, sagt Roland, diesmal lauter und drängender.

Aber die Gedanken an die Nacht im Wald tauchen ständig auf. Lucas ist einfach verschwunden. Ich kann Noel verstehen. Ich kann verstehen, dass er sich vor den Kopf gestoßen fühlt. Es geht uns allen so.

Mir wird schlecht von dem Kräuterzeug in der Luft. Es löst einen dumpfen Schwindel in meinem Kopf aus. Kombiniert mit dem pochenden Schmerz ist das nicht gut.

Nicht gut für meine seltsamen Träume.

Ich kann dem Drang nicht nachgeben, meine Finger in die Einkerbungen der Stuhllehnen zu bohren.

Favilla darf nicht erfahren, dass ich diese Dinge sehe. Sie dürfen nicht erfahren, dass sich etwas verändert hat. Dass ich mich verändert habe, möglicherweise ein Risiko für sie darstelle. Ich darf ihnen nicht noch einen Grund geben, mich auszusortieren. Denn obwohl niemand etwas gesagt hat, spüre ich Jonathans prüfenden Blick. Augen, die sich in meinen Rücken bohren.

Ich frage Roland auch nicht mehr, weshalb wir das hier tun. Er wird sowieso nicht antworten.

Ungeduldig geht er auf und ab. Ich mag das Geräusch seiner Schuhe auf diesen Steinplatten nicht.

»Fixiere den Punkt.« Die Stimme ist hinter mir.

Und ich kann nichts tun. Das Hämmern gegen meine Schädeldecke wird stärker, ich weiß, was dann kommt.

Ich hatte gehofft, es würde sich noch einmal eine Gelegenheit auftun, um zu fliehen. Ich hatte gehofft, ich würde vor dem nächsten Gedankeneinzelunterricht abhauen können. Aber Jonathan hat die Wachposten an allen Ausgängen verdoppelt und alle Begrabenen zur Befragung in seine Zelle gebeten.

Meine Haltung wird starr. Roland darf es nicht bemerken. Er darf es nicht.

Reiß dich zusammen, Estelle!

»Halte den Punkt. Fixiere.«

Ich bin nicht verrückt.

»Gleichmäßig atmen.«

Ich bin nicht verrückt, sage ich mir noch einmal. Immer und immer wieder. Wie damals im Wald.

Ich bin nicht verrückt, ich bin nicht verrückt.

Ich sehe mich wieder dort stehen, wie ich den Bogen gespannt habe und auf Aron ziele.

Roland redet weiter auf mich ein. Erteilt Anweisungen, aber ich höre gar nicht hin. Mit aller Konzentration, die ich besitze, versuche ich, meine Gedanken weg von dem Fremden zu schieben. Wenn ich erwarte, dass die seltsamen Träume kommen, dann kommen sie auch. Aber nicht, wenn ich mich wehre. Mit jedem *Ich bin nicht verrückt* weicht der Nebel, der sich gegen meine Schädeldecke drückt, mehr aus meinem Kopf. Dass es plötzlich funktioniert, gibt mir ein unglaubliches Gefühl von Stärke.

Das Pochen ist zwar immer noch da, aber nur noch als ein leichtes Klopfen. Keine Bilder, kein Fremder.

Ich atme auf.

»Halt!«, sagt Roland.

Ich blinzle ins Dunkel. Ich bin ganz ruhig.

Roland beugt sich zu mir herunter. Das Schlangengrün kann mir nichts anhaben.

Lange halten wir Blickkontakt. Aber ich schrecke nicht zurück, sehe direkt in seine Augen, in die großen Pupillen, und versuche mir vorzustellen, dass das nicht Roland ist, der vor mir steht.

»Du kannst gehen«, sagt er und weicht ein paar Schritte zurück. Meine Finger lösen sich von den Armlehnen. Sie sind noch ganz verkrampft.

Ich gehe zur Tür. Halte einen Moment inne, bevor ich hinaustrete, aber es bleibt still.

Ich setze den Fuß über die Schwelle.

Im Zirkelraum fallen mir zum ersten Mal die winzigen Verzierungen um die Pfeile am Marmorboden auf. Wie Tausende kleine Flügel. Sie sind sehr schön.

Wenn ich eines der Vogelwesen sein könnte, dann würde ich ein Phönix sein. Rotgolden durch Flammen gehen.

Als ich an diesem Abend die Schlafzelle betrete, brennt die Öllampe noch. Sam ist wach. Sie sitzt auf ihrem Schlaffell. Neben ihr steht ein kleines Schälchen mit einer gelblichen Kräuterpaste. Auch ich habe so ein Schälchen von Jonathan bekommen. Die Salbe riecht nach Minze und fühlt sich kühl in den Nasenhöhlen an.

Sie tut sich etwas davon auf die Finger und reibt es vorsichtig über die Schnittwunde an ihrem Arm.

Sie schaut hoch, als ich mich neben sie setze.

»Hat Roland etwas bemerkt?«, fragt sie.

Ich schüttle den Kopf. Ihre Gesichtszüge entspannen sich. »Zum Glück.«

Ein befreiendes Lächeln legt sich auf meine Lippen. »Ja.« Ich schaue ihr zu, wie sie etwas unbeholfen mit der linken Hand die Wunde einreibt. »Soll ich dir helfen?«

»Geht schon, danke.«

Seit der Nacht im Wald liegt diese unausgesprochene Sache zwischen uns. Sam kennt mich mittlerweile gut genug. Ich schätze, sie weiß, dass ich fliehen wollte. Vielleicht hat sie sogar mitbekommen, dass mich Felicity als Verräterin beschimpft hat.

»Hast du noch mal was von Callan gehört?«, frage ich, obwohl mir doch schon die ganze Zeit die andere Frage auf der Zunge liegt.

»Das Fieber hat nachgelassen. Jonathan ist sich sicher, dass er wieder auf die Beine kommt.« Haare fallen ihr vor das Gesicht, als sie mich kurz ansieht. »Aber ich glaube, es wird lange dauern, bis er über alles hinwegkommt. Er kann es immer noch nicht fassen, dass er jemanden getötet hat.« Sam sieht auf die restliche Paste, die an ihrem Finger klebt. »Er hat immer noch das Bild vor Augen, wie das Messer in ihrem Rücken stecken geblieben ist.« Sie starrt auf einen Punkt an der Wand.

»Danke, Estelle«, sagt sie schließlich. »Ich weiß nicht, was ohne dich in diesem Wald passiert wäre, wenn du Aron nicht aufgehalten hättest, wenn –«

Ich lege ihr eine Hand auf den Arm. »Ist schon in Ordnung.«

»Nein«, sagt Sam. »Ich meine, du hättest dich auch anders entscheiden können. Das weiß ich zu schätzen.« Sie lächelt flüchtig und wendet sich dann wieder ihrer Wunde zu. Die Hitze aus meinem Kopf weicht langsam. Sie wird niemandem etwas sagen.

Sam zieht einmal scharf die Luft ein, als sie an eine verkrustete Stelle kommt, die nun aufbricht. Frisches Blut tropft aus der Wunde. Sie will es mit einem sauberen Stofffetzen abtupfen, dabei fallen ihr wieder ein paar Haare vors Gesicht. Sie versucht, sie wegzupusten, jedoch vergeblich. »Kannst du kurz?«, fragt sie.

»Sicher.« Ich streiche ihr die Strähne hinter das Ohr und betrachte sie von der Seite. Ihr Gesicht, ihren Hals.

Ich halte plötzlich inne.

Wie vom Blitz getroffen stehe ich auf und stelle mich direkt vor sie.

Sie sieht erschrocken hoch. »Was ist los?«

Ich beuge mich näher zu ihr. Jetzt streiche ich ihr mit beiden Händen die Haare ganz aus dem Gesicht, sodass auch ihre Stirn freiliegt.

Verwirrt weicht sie mit dem Kopf zurück. »Estelle, was machst du da?«

Kurz sehen wir uns entgeistert an.

Eine dunkle Erkenntnis, die meinen ganzen Körper erfasst. Der Schock in meinem Gesicht scheint sich auch in ihrem widerzuspiegeln.

Alles fügt sich mit einem Mal zusammen. Ich taumle einen Schritt zurück.

Wie konnte mir das die ganze Zeit entgehen? Wie kann es sein, dass ich so blind war?

Deshalb kam sie mir ständig so bekannt vor. Ich kenne Sam.

Dieses Gesicht. Das strohblonde Haar, die hohe Stirn, die großen, grünen Augen.

Ich weiß, wer sie ist.

Tritt ein in das Reich Lavis.
Ein Reich voller Schatten, voll Liebe und Verrat.

Erhalte schon jetzt vorab einen ersten Einblick in das Manuskript von VERFLUCHTE GRÄBER, den dritten Band der Erfolgsserie, und erfahre, welches Unheil sich über Favilla zusammenbraut …

NOEL

1

Lavis. Friedhof.

Das Knirschen vom Kies unter meinen Schuhen kommt mir viel zu laut vor. Bei jedem Schritt umschließt mich der Nebel mehr. Die Schlieren im Weiß legen sich wie eisige Fesseln um meinen Körper. Es fühlt sich an, als würde eine zähe, milchige Schicht über meine Haut kriechen, sich unter den Saum meiner Hose bis hoch an die Kehle schlängeln.

Ich schiebe mein Kinn tiefer in den Kragen. Druck liegt auf meinen Ohren, als wolle sich die Stille des Friedhofs in meinen Kopf hineinpressen. Ich kann mich kaum noch an diesen Ort erinnern. Mit den verhüllten Männern im Nacken hat das alles ganz anders gewirkt.

Vorbei gehe ich nun an den verwitterten Gräbern, den grauen trostlosen Steinen, unter denen die Toten verwesen. Verdorrte Bäume schlagen sich mir in der Finsternis in den Weg. Der Geruch von feuchter Erde drängt in meine Nase.

Ich reibe mir einmal über das Gesicht.

Ich habe kein Problem mit der Dunkelheit, hatte ich noch nie. Aber ich hasse die Ungewissheit.

Ich weiß nicht, was es mit diesem Ort auf sich hat. Warum dieser Nebel mir das Gefühl gibt, nicht allein zu sein. Das Weiß ist ständig in Bewegung, als würden sich die Schlieren darin zu Gesichtern formen, zu den Gesichtern der Toten, die mich daraus gespenstisch anstarren.

Plötzlich kann ich die Kutsche des Totengräbers auf dem Schotter sehen. In den Fängen des Nebels habe ich nicht mal das Hufgetrappel ausmachen können, erst jetzt höre ich, wie die Kutsche mit einem Knarren zum Stehen kommt. Das Holz ist mit pechschwarzer Farbe beschmiert. Der Leichenkasten sieht von hier aus wie eine gewaltige dunkle Truhe auf Rädern. Ich trete näher.

Eine Gestalt steigt herab, das alte Holz knarzt bei jeder Bewegung. Ein krummer Rücken drückt sich unter einem schwarzen Gewand hervor. Der Totengräber.

Er klopft kräftig mit der flachen Hand auf den Hals seines Pferdes. Es wiehert, ein Klang wie ein höhnisches Lachen, der mir in der Stille unnatürlich laut vorkommt. Fliegen schwirren aufgeschreckt in die Finsternis. Die Fesseln des Pferdes sind zottelig, kleine Hügel aus Haaren, die sich um die Hufe legen. Seine Flanken sind erstaunlich kräftig, kein einziger Rippenbogen zeichnet sich ab, nur die Konturen der breitläufigen Muskeln. Das schwarze Fell liegt eng und glatt am Körper, als wäre es die bloße, nackte Haut.

Der Totengräber grummelt etwas vor sich hin, noch hat er mich nicht bemerkt. Er öffnet eine Klappe hinten an der Kutsche. Füße rutschen aus der Öffnung hervor. Nackte, bleiche Füße. Tote Füße.

In den Bergwerken habe ich schon mehrmals frische Leichen gesehen, aber ich kann mir nicht vorstellen, wie schnell sie verwesen, bis sie so aussehen wie die Totenschädel in Favilla. Ob sie dann zuerst braun werden, so wie ein Apfel, wenn man ihn zu lange liegen lässt? Ob dann das Fleisch ganz langsam abfault, oder wird es einfach Stück für Stück von Maden weggefressen?

Ruckartig dreht der Totengräber in diesem Moment den Kopf in meine Richtung.

Erst sieht es so aus, als würde er die Zähne fletschen, aber ich glaube, er schaut immer so. Sein Gebiss ist ungewöhnlich groß. Die vorderen Eckzähne zeigen wie spitze Zacken schief aus dem Zahnfleisch.

Weiß er, dass ich komme?, habe ich Jon gefragt.

Ja, hat er geantwortet, *er wird dich an deiner Robe erkennen.*

Aber sei vorsichtig, hat er dann hinzugefügt und die Stimme ein wenig gesenkt, *reize ihn nicht. Er hat zu viel Zeit mit den Toten verbracht.*

Ich schlucke und hebe meine Hand, tippe zweimal mit dem Finger gegen die Stirn – der Gruß der Minenarbeiter.

Der Totengräber rümpft die Nase. Ein borstenartiger Bart umrahmt das faltige Gesicht, wächst bis weit über die Wange. Misstrauisch sieht er mich aus den alten Augen an. Die Tränensäcke darunter hängen tief.

»Jonathan schickt mich«, sage ich.

»Aha.« Der Totengräber zieht die Kapuze vom Kopf. Verfilzte lange Haare kommen zum Vorschein. »Ja. Da war was«, sagt er, dreht mir den Rücken zu und greift nach den nackten Füßen der Leiche. »Erst mal muss ich die hier wegschaffen.«

Ich bin mir nicht sicher, ob er mit sich selbst redet oder noch mit mir, aber dann ruckt sein Kopf plötzlich wieder in meine Richtung. »Wie ist dein Name, Junge?«, fragt er.

»Noel«, sage ich.

»Aha«, krächzt er und schielt dabei seltsam zu mir rüber. »Hilf mir mal mit anpacken.« Er deutet mit dem Kopf in das Innere der Kutsche. »Ganze zehn Stück heute.«

Der Totengräber zieht einen schlaffen Körper nach draußen, schwerfällig stapft er dabei nach hinten, seine Füße schlurfen über den Boden. Erst bleibt der Kopf der Leiche noch am Rand der Klappe hängen, dann plumpst er mit einem dumpfen Schlag auf die Erde. Ich ziehe scharf die Luft ein. So kann er doch nicht mit dem Mann umgehen – tot oder nicht.

Wenn ein Grubenmann oder eine Grubenfrau in den Minen verschüttet wurde, haben wir den leblosen Körper geborgen, möglichst vorsichtig hinausgetragen, und irgendwer hatte immer ein Kleidungsstück parat, mit dem wir das Gesicht bedecken konnten.

»Du hebst an den Armen«, sagt der Totengräber.

»Okay«, sage ich. Mit anzupacken kenne ich aus der Schicht in den Minen. *Bloß handelt es sich hier nicht um irgendein Gestein.*

Ich trete vor den Kopf der Leiche. Von hinten stößt mir der abartige Geruch aus der Kutsche in die Nase. Sowas habe ich noch nie gerochen, süßlich und doch nicht, faul und das irgendwie auch nicht. Meine Kehle schnürt sich zu, krampfhaft versuche ich, den Würgreiz zu unterdrücken. Ich bemühe mich, nur noch flach durch den Mund zu atmen.

»Ich hab' nicht bis Sonnenaufgang Zeit«, drängt er mich.

»In Ordnung.«

Der Tote ist ein Mann, etwa um die dreißig Jahresumläufe, er trägt ein graues Gewand. Sein Gesicht sehe ich mir nicht noch genauer an. Der kurze Blick auf die gelblich weiße Haut hat mir gereicht, und der Gedanke, dass er viel zu früh sterben musste. Ich greife nach den Händen. Sie sind weich und viel zu kalt.

Plötzlich ein lautes Lachen, vielleicht auch ein Husten, das lässt sich nicht eindeutig sagen. Ich sehe in das haarige Gesicht des Totengräbers.

»Ha. Hattest gedacht, ich würde dich das machen lassen.« Wieder zeigt er mir die Zähne. »Nun hau schon ab, Junge, das ist mein Job.«

Vorsichtig lege ich die Leiche wieder ab. »Ich komme ja auch eigentlich wegen der Nachricht.«

»Ach ja.« Er schürzt die Lippen, starrt auf die Leiche am Boden, dann wieder nachdenklich ins Innere der Kutsche. »Ja, jetzt weiß ich's wieder«, sagt er und zieht eine weitere Leiche aus der Kutsche. Sie fällt auf den Boden, halb über die andere drüber.

Diesmal ein Schwarzgewändler. Die Kleidung hat weder Risse, noch ist sie dreckig. Vielleicht jemand, der in der niederen Politik gearbeitet hat.

Und irgendwo im Ring der Schwarzgewändler sitzt nun eine trauernde Familie. In meiner Brust verschließt sich etwas. Seine Augen sind zu. Aber er könnte sie jeden Moment wieder aufreißen, so wirkt es. Woran ist er gestorben?

Die meisten Minenarbeiter sterben, weil ihre Lungen voller Staub sind, die harte Arbeit sie zermürbt hat, und sie ihr Pensum nicht mehr einhalten können. Sie verhungern ab einem gewissen Alter einfach. Oder ein Einsturz in den Minen zertrümmert ihre Körper. Aber ein Mann wie dieser?

Der Totengräber beugt sich über die Leiche und macht sich grob an der Hose zu schaffen, der Körper wackelt auf dem Boden hin und her. Dann zieht er ein Stück Pergament aus dem Saum hervor und drückt es mir in die Hand.

Die Adern unter seinem verschrumpelten Handrücken sehen aus wie Würmer, die unter der Haut kriechen.

»Danke«, sage ich und falte die Nachricht einmal in meiner Hand. »Was war das für ein Mann?«

Der Totengräber zuckt mit den Schultern. »Tot ist tot.« Er zeigt mit dem Finger auf das Pergament in meinen Händen. »Damit könntet ihr mir in Zukunft gestohlen bleiben. Kannst du Jon sagen. Die verdammten Königsboten nerven mich so schon genug.« Er zieht die Nase hoch.

»Was ist denn mit denen?«, frage ich.

»Stellen Fragen. Schnüffeln rum.« Urplötzlich schnellt seine Hand hoch und klatscht eine Fliege tot, die sich auf seinen Unterarm gesetzt hat. »Lästige Dinger.«

»Was wollen sie?«

»Das Übliche. Wichtigtuen.« Er schnieft nochmal. »Aber irgendwie sind mehr von denen unterwegs als sonst.«

»Wo sind sie unterwegs? Geht Gefahr von ihnen aus?«

Der Totengräber zuckt wieder mit den Schultern. »Früher oder später landen sie eh alle bei mir.« Er dreht sich noch einmal zu seinem Pferd um und tätschelt ihm die Flanke. Ich kann den Blick nicht von den langen Fingernägeln des Totengräbers nehmen. Dicke verhornte Klauen, unter denen sich schwarzer Dreck gesammelt hat. »Nicht wahr, Nelson.«

Das Pferd bleibt unverändert stehen.

Noch einmal dreht er sich zu mir, und an dem Ausdruck in seinen Augen erkenne ich, dass er jetzt in Ruhe weiterarbeiten will.

»Na dann«, sage ich schließlich. »Danke für die Nachricht.«

Es ist ein komisches Gefühl, ihm und den Leichen den Rücken zuzukehren. Langsam gehe ich vorwärts und sinke wieder in die Nebelschwaden ein. Ich fasse mit den Händen in das Weiß, als könnte ich nach dieser Substanz greifen, aber meine Finger gleiten hindurch.

Mein Atem geht flach. Möglichst lautlos bewege ich mich an den Grabsteinen vorbei und halte die Augen immer offen. Hin und wieder werfe ich einen Blick über die Schulter.

Ich habe versucht, mir die Wege des Friedhofs einzuprägen. Links von mir müsste das Soldatenfeld liegen, geradeaus die alten Gräber. Ich muss die Richtung halten. Auch wenn alles gleichbleibend weiß aussieht.

An dem großen Grabstein etwa in der Mitte des Friedhofs bleibe ich stehen, er ist mir vorher schon aufgefallen.

Die Oberfläche ist auffällig glatt. Buchstaben sind darin eingemeißelt, angeordnet zu einem Block, der aus sechs Zeilen besteht. Komisch, sie ergeben keine Wörter, jedenfalls keine, die mir bekannt sind. Um die Buchstaben herum ist ein Flammenkreis ins Gestein gemeißelt. Wahrscheinlich hat der Verstorbene der alten Kultur angehört. Jemand, der vielleicht viel Einfluss hatte.

Noch einmal gehe ich mit den Augen die Zeilen durch. Viel zu lange habe ich mich jetzt schon daran aufgehalten.

Ich muss weiter, ich hätte überhaupt gar nicht stehen bleiben sollen.

Von hier aus kann ich schon das ruinenartige Bauwerk sehen. *Amphitheater*, hat Jon es genannt.

Der steinerne Halbkreis, der etwa zwei Mannesländen in die Höhe ragt, hat in der Mitte einen Durchgang. Von dort aus fächern sich in beide Richtungen breite Stufen, die wie geschichtete Ringe auf den zentrierten Platz vor dem Eingang von Favilla führen.

Ich streiche über den Stein. Sandstein. Es muss hunderte von Jahresumläufen gebraucht haben, um so etwas Gewaltiges zu errichten.

Die ganze Zeit muss ich an das Pergament in meinen Händen denken. Ich halte es fest umschlossen.

Welche Information hat der Kontaktmann für den Internatsleiter?

Ich würde so gerne nur einen einzigen, kurzen Blick hineinwerfen. Aber Jon würde das natürlich bemerken, nicht nur wegen dem Siegel. Ein Blick in mein Gesicht würde reichen.

Ich betrachte das Siegel genauer und fahre einmal mit dem Finger über die Prägung. Das Symbol eines Phönix' ist ins Wachs gedrückt. Breite Flügel und ein prächtiger Schweif, der von innen die Kreisform des Siegels nachzeichnet.

Ich müsste es nur öffnen. Ich müsste es bloß vorsichtig lösen, ich würde es ganz schnell machen.

In diesem Moment durchbricht ein Geräusch die Stille. Irgendwo hinter mir. Wie ein Fauchen, das zwischen den Steinen widerhallt und nur mir gilt.

Ich drücke mich sofort nach hinten, bis ich ein wenig in die Sträucher hinter mir einsinke. Äste kratzen durch den Leinenstoff über meine Haut, mein Herz klopft wie wild.

Ich lausche.

Verharre. Wage es noch nicht, aus meiner Deckung zu gehen. Ich warte so lange dort, bis mein Herzschlag wieder gleichmäßig wird.

Erst dann setze ich meinen Weg fort, bin noch aufmerksamer als vorher.

Ich hasse die Ungewissheit. Ich hasse sie, seit ich nach Favilla gebracht wurde. Weil ich jetzt weiß, dass hinter den Dingen viel mehr steckt als angenommen.

Der Umschlag liegt in meinen kalten Händen. Alles gilt es zu hinterfragen, alles.

Der Unterricht in Favilla

DIE LEHRENDEN IM ÜBERBLICK

Alric

Edwin

Emma

Finnley

Garred

Isabella

Mirlinda

Nikolai

Roland

DIE UNTERRICHTSFÄCHER IM ÜBERBLICK

Schwertkampf

Hiebwaffen

Stichwaffen

Waffenloser Kampf

Bogenschießen

Alchemie

Schriftkunst

Heilkunde

Allgemeinkunde

Gedankenunterricht

WELCHER LEHRENDE UNTERRICHTET WAS?

	LIGA 1	LIGA 2	LIGA 3	LIGA 4
Schwertkampf	**Emma**	**Nikolai**	**Mirlinda**	**Edwin**
Hiebwaffen	**Edwin**	**Emma**	**Nikolai**	**Mirlinda**
Schlagwaffen	**Nikolai**	**Mirlinda**	**Emma**	**Finnley**
Waffenloser Kampf	**Mirlinda**	**Finnley**	**Nikolai**	**Emma**
Bogenschießen	**Finnley**	**Edwin**	**Mirlinda**	**Nikolai**
Schriftkunst	**Garred**	**Isabella**	**Edwin**	**Alric**
Alchemie	**Isabella**	**Garred**	**Mirlinda**	**Emma**
Heilkunde	**Garred**	**Nikolai**	**Emma**	**Isabella**
Logik	**Alric**	**Edwin**	**Isabella**	**Mirlinda**

Gedankenunterricht (für alle, ohne Ligen): **Roland**
Allgemeinkunde (für alle, ohne Ligen): **Alric**

Interview mit Bernhard Hennen

© Bettina Blumenthal

BERNHARD HENNEN begleitet die Buchreihe »Kings & Fools« als Pate. Mit seiner langjährigen Erfahrung und seinem Fachwissen als einer der aktuell erfolgreichsten deutschen Fantasyautoren beantwortet er Natalie Matt und Silas Matthes Fragen zum Aufbau von Lavis, der mit unzähligen Details angereicherten, düsteren und phantastischen Welt in »Kings & Fools«. Er hilft bei Entscheidungen zu passenden mittelalterlichen Details, findet Lösungen für knifflige Plotprobleme und begleitet die Autoren aktiv im Schreibprozess. Aber nicht nur das, es gibt auch ganz praktische Tipps vom Meister der Fantasy: So trafen sich Bernhard Hennen, Natalie Matt und Silas Matthes beispielsweise, um gemeinsam Schwertkampf zu trainieren und die Kampfszenen in den ersten Bänden von »Kings & Fools« möglichst wirklichkeitsgetreu nachzustellen.

Lest hier ein exklusives Interview mit Bernhard Hennen, in dem er über »Kings & Fools« und seine Rolle als Pate der Reihe spricht.

In welcher Form haben Sie an »Kings & Fools« mitgearbeitet?
Ich hatte das Glück, noch während der Arbeit an den Exposés zum Team bei Oetinger34 zu stoßen und fast von Anfang an Einfluss auf etliche Details der Geschichte nehmen zu können. So wurde zum Beispiel aus dem Friedhof, der als Versteck der Favilla dienen sollte, eine Nekropole, das Königreich wurde etwas größer als ursprünglich geplant, und der Brennende König bekam seine Farbe. Außerdem habe ich versucht, ständig für Natalie und Silas erreichbar zu sein. Wir haben Abläufe von Action-Szenen besprochen, Details bei Schwertkämpfen oder nächtlichen Fluchtszenen im Wald. Es war fordernd, aber ein positiver Stress, aus dem ich auch neue Kraft für eigene Projekte gezogen habe.

Wie haben Sie die Zusammenarbeit mit den beiden Autoren empfunden?
Oft als einen Blick zurück in meine eigene Vergangenheit. Es war schön, den beiden helfen zu können, aus Fehlern zu lernen, die ich einst begangen hatte. Besonders gut hat mir der kritische Respekt gefallen, mit dem sie mir begegnet sind. Oft haben sie sich meine Meinung zu einem Problem angehört, meine Ratschläge eingefordert und dann doch einen eigenen, neuen Weg erarbeitet. Ihren Weg. Immer wieder kam es vor, dass ich in bearbeiteten Szenen Sätze und Ideen gefunden habe, vor denen ich nur im Geiste den Hut ziehen konnte,

denn ich hätte es nicht so gut geschrieben. Und darum ging es letztlich, den beiden ab und an ein wenig zu helfen, damit sie ihren eigenen Stil und ihre eigenen Geschichten vervollkommnen.

Sie schreiben bereits seit Jahren sehr erfolgreich Fantasybücher. Welche Erfahrungswerte konnten Sie den beiden Autoren besonders mit auf den Weg geben?
Es ist mein Credo, dass Fantasy einem Autor nicht erlaubt, einfach wild drauflloszuformulieren. Um eine neue Welt überzeugend und lebendig zu gestalten, muss man sehr viel Planungsarbeit investieren. Es sind die Details, die im Kopf des Lesers einen Film ablaufen lassen und eine Fantasywelt unverwechselbar machen. Und diesen Details nähert man sich auf zwei Wegen, durch Recherche oder besser noch durch eigene Erfahrung, wo dies möglich ist. Man schreibt Reitszenen einfach anders, wenn man selbst Umgang mit Pferden hatte oder die Gefühle eines Kriegers am Abend vor der Schlacht, wenn man mit Soldaten gesprochen hat, die wirklich in die Schlacht ziehen mussten.

Wie würden Sie »Kings & Fools« in drei Worten beschreiben?
Jung, innovativ, ambitioniert.

Was ist Ihre Lieblingsszene in »Verstörende Träume«?
Ich mag die Szene in Kapitel zehn sehr, in der Estelle zum ersten Mal allein Gedankenunterricht erhält. Das Beklemmende darin, die Ängste, die man mit ihr teilt, die bedrohliche Atmosphäre. All dies ist wunderbar in Szene gesetzt. Es liest sich so leicht, und doch weiß ich als Autor gut, wie schwer es ist, diesen Zauber entstehen zu lassen.

Ein Gruß an die Leser:
Seid auf der Hut, wenn ihr zu eurer Lesereise in die düsteren Gewölbe von Favilla aufbrecht. Fast alles ist anders, als es auf den ersten Blick scheint.

7 Fragen an Natalie Matt

© BLACK DEER

Zirkelmitglied oder **normaler Schüler?**
☒ ☐

Höhlenkäfer oder **Schwarzwurzel?**
☐ ☒

Nestflechterin oder **Fischerin?**
☒ ☐

3 Sätze über dich: *Ich heiße Natalie, bin 1993 in Freudenstadt im Schwarzwald geboren und studiere Kulturwissenschaft. Ich liebe es, mich faszinieren zu lassen und von Begeisterungswellen völlig mitgerissen zu werden – bestenfalls andere dabei anzustecken. Ich glaube, das sind die schönsten Momente im Leben, immer die, bei denen es dir durch und durch geht.*

Warum Oetinger34? *Mir gefällt es, so nah an der Zielgruppe zu sein, das direkte Feedback zeigt gleich, was ankommt und was nicht. Ein spannendes Konzept, das auf dem Buchmarkt heraussticht.*

Was ist das Besondere an deinem Text? *Das sollt ihr erst mal selbst herausfinden. Ich hoffe jedoch, die Lebendigkeit im Text springt auf euch über. Der Text soll leben, durch die Nähe zu den Figuren und die ganz eigene Atmosphäre.*

Ein Gruß an deine Leser: *Ich hoffe, ihr habt beim Lesen genauso viel Spaß, wie ich es beim Schreiben hatte.*

7 Fragen an Silas Matthes

© Stefan Schröder

Zirkelmitglied oder **normaler Schüler?**
☒ ☐

Höhlenkäfer oder **Schwarzwurzel?**
☐ ☒

Nestflechterin oder **Fischerin?**
☐ ☒

3 Sätze über dich: *Ich bin Silas und wurde 1992 im schönen Hamburg geboren. Wenn ich nicht gerade studiere oder schreibe, verreise ich, spiele Handball, Beachvolleyball oder Klavier und genieße das Leben mit meinen Lieblingsmenschen. Ich glaube, dass Lachen zu den großartigsten Dingen auf dieser Welt gehört.*

Warum Oetinger34? *Ein ganz neues Imprint, das gezielt Debütanten sucht und in dessen Rücken ein Riese wie die Verlagsgruppe Friedrich Oetinger steht – na ja, habe ich mir gedacht, ich wäre ein ganz schöner Trottel, wenn ich es nicht mal versuchen würde.*

Was ist das Besondere an deinem Text? *Oh, ich denk mal, das variiert von Leser zu Leser. Für mich sind es bei ›Kings & Fools‹ wahrscheinlich die erzählerischen Besonderheiten, die sich durch das Schreiben im Autorenteam und zum Beispiel durch die damit verbundenen Perspektivwechsel ergeben. Und die Atmosphäre der Bücher hat etwas ganz Eigenes, finde ich.*

Ein Gruß an deine Leser: *Moin!*

Fantasy meets Mystery

Begleitet von Bestsellerautor Bernhard Hennen

Natalie Matt · Silas Matthes
Kings & Fools.
Verdammtes Königreich
ISBN 978-3-95882-069-2

Natalie Matt · Silas Matthes
Kings & Fools.
Verstörende Träume
ISBN 978-3-95882-070-8

Natalie Matt · Silas Matthes
Kings & Fools.
Verfluchte Gräber
ISBN 978-3-95882-071-5

Ein teuflischer König. Ein Reich voller Schatten. Ein unterirdisches Internat. Tritt ein in eine Welt, in der das falsche Wissen tödlich ist.

Kings & Fools featured by Bestsellerautor Bernhard Hennen: »Überraschend, modern, intensiv. Was für ein Fantasy-Debüt!«

Erschaffe die Welt von Kings & Fools:
#kingsandfools
www.kingsandfools.de

OETINGER 34

www.oetinger34.de/buch

Bist du bereit für die düstere Welt von Favilla?

Begleitet von Bestsellerautor Bernhard Hennen

Natalie Matt · Silas Matthes
Kings & Fools.
Vergessenes Wissen
ISBN 978-3-95882-072-2

Natalie Matt · Silas Matthes
Kings & Fools.
Vermisste Feinde
ISBN 978-3-95882-073-9

Natalie Matt · Silas Matthes
Kings & Fools.
Verbotene Mission
ISBN 978-3-95882-074-6

Weitere Geheimnisse warten auf Lucas und die anderen Internatsschüler. Doch wem können sie trauen? Und welches perfide Spiel treibt der Brennende König? Lucas, Noel, Estelle und Sam wissen: Nur wer den Kampf sucht, kann am Ende siegen.

Epischer als *Game of Thrones*. Ein Reich voller Schatten, voll Liebe und Verrat.

Erschaffe die Welt von Kings & Fools:
#kingsandfools
www.kingsandfools.de

OETINGER 34

www.oetinger34.de/buch

Pilze
Wurzeln
Höhlenkäfer
Sarkophag des zweiten Phönix-wächters
V6
V5
V4
V3
V1
V2
Begrabene
Begrabene
G
Kranken-station
Küche
Essenssaal
Brunnen
Grosse Halle
V1
Waffen
Waffen
…allungen
Gräbereinsturz
Ebene
1

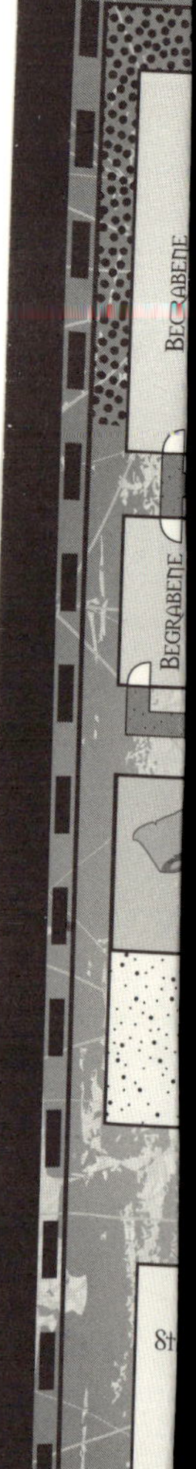
BEGRABENE

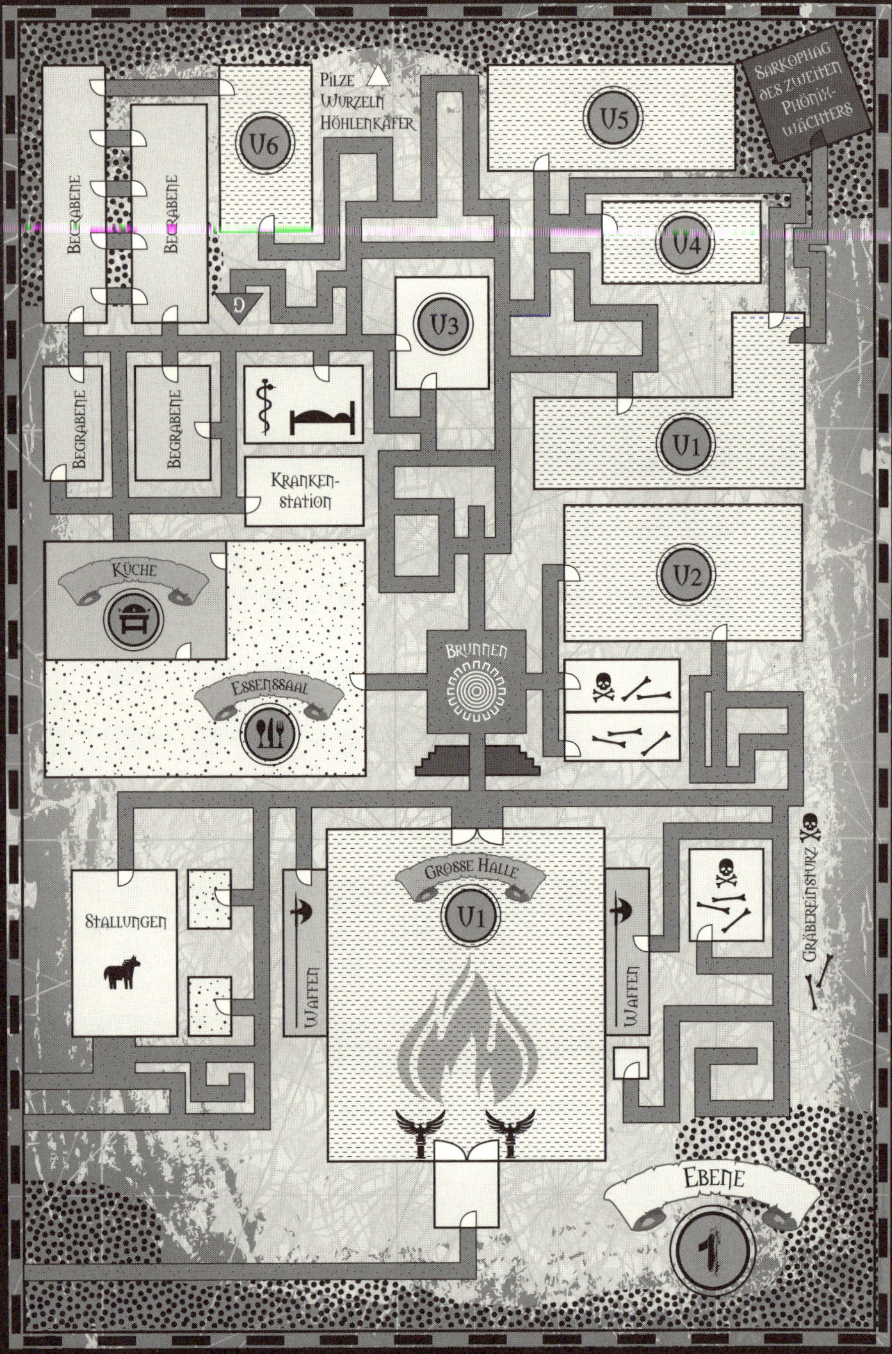

Sarkophag des zweiten Phönixwächters
Pilze
Wurzeln
Höhlenkäfer
V6
V5
V4
V3
V1
V2
G
Begrabene
Begrabene
Begrabene
Begrabene
Kranken-
station
Küche
Essenssaal
Brunnen
Grosse Halle
V1
Stallungen
Waffen
Waffen
Gräbereinsturz
Ebene
1